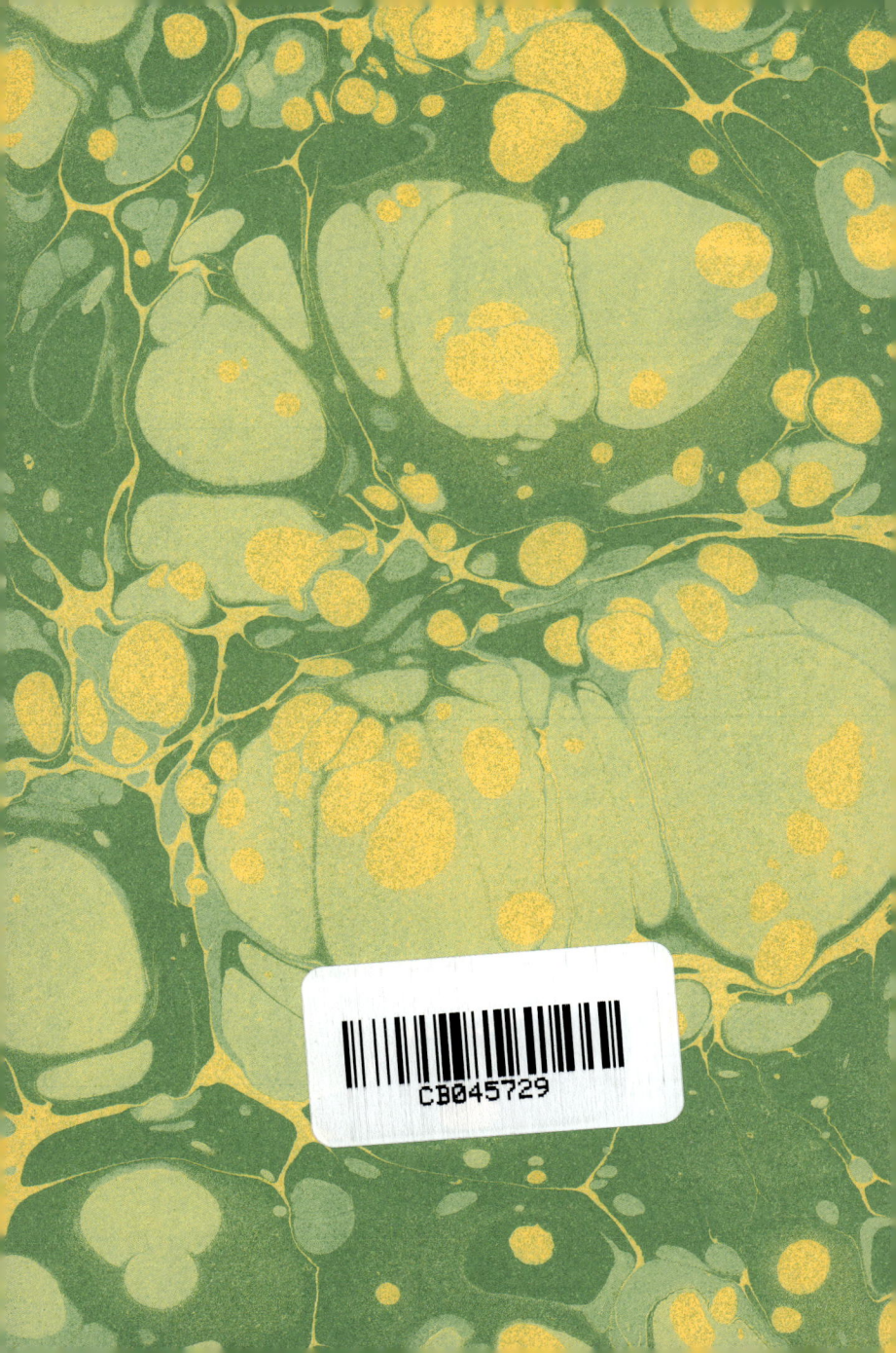

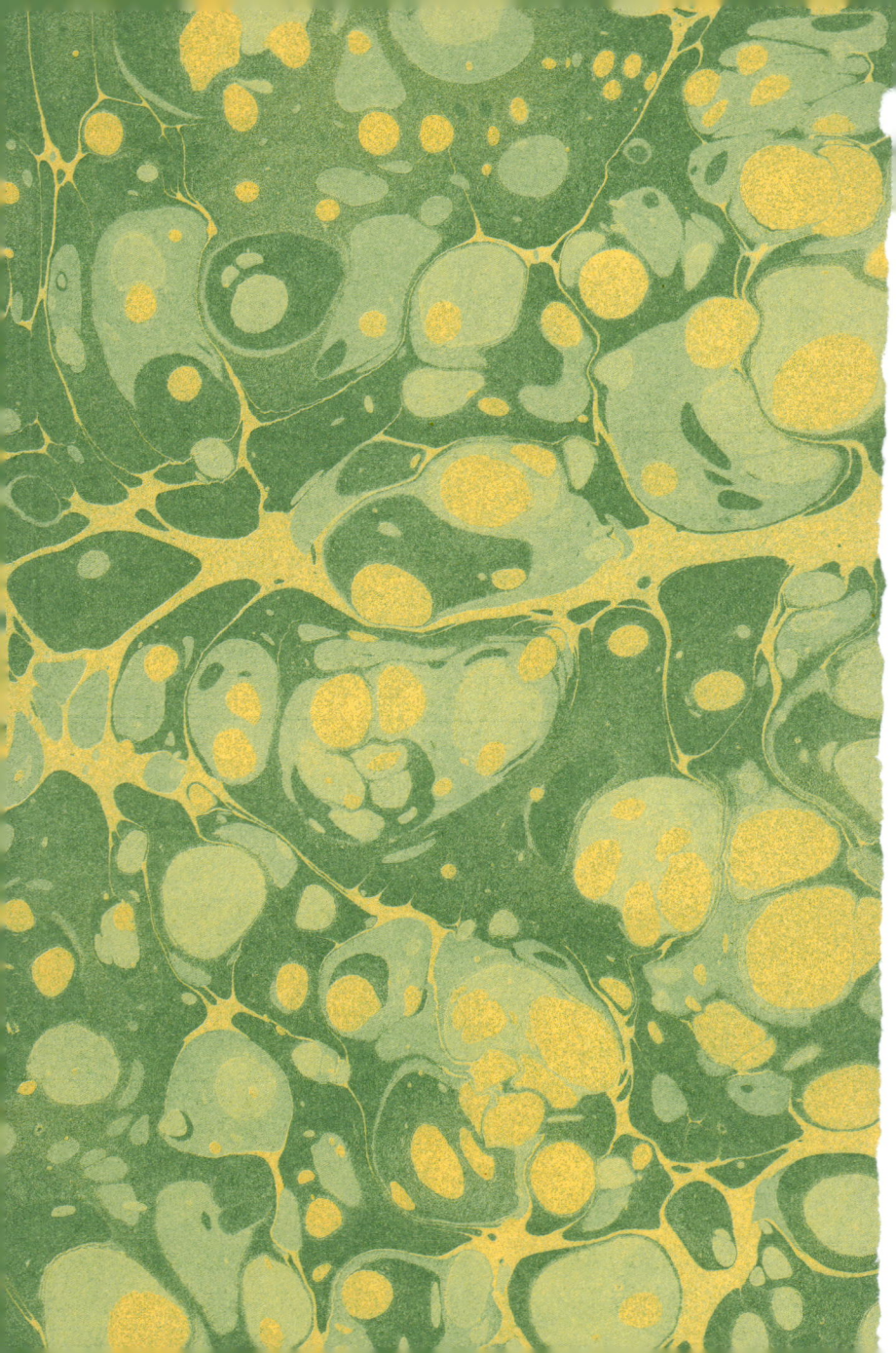

TRADUÇÃO
RÉGIS MIKAIL

PREFÁCIO
RODRIGO LOPEZ

O BEIJO DE NARCISO

JACQUES D'ALDELSWÄRD-FERSEN

ERCOLANO

TÍTULO ORIGINAL *Le Baiser de Narcisse*

© Ercolano Editora, 2023
© Tradução Régis Mikail, 2023
Esta publicação segue as normas do Acordo Ortográfico da Língua Portuguesa, Decreto no 6.583, de 29 de setembro de 2008.

DIREÇÃO EDITORIAL
Régis Mikail e Roberto Borges

PREPARAÇÃO
Helô Beraldo

REVISÃO
Andréia Manfrin Alves

PROJETO GRÁFICO E DIAGRAMAÇÃO
Estúdio Margem

IMAGEM DE CAPA
Escultura de Nino Cesarini, realizada por Vincenzo Ierace, s.d.

ILUSTRAÇÕES
Ernest Brisset (1872-1933)

CRÉDITO DAS IMAGENS
Acervo Lino Maesano (pp. 9, 143); Acervo Heinz Barandun (p.139); *Guia Villa Lysis & Jacques Fersen: Capri* (p.141); Acervo Giovanni e Margherita Soccol (p.142). As demais reproduções, via Wikimedia Commons. As autorias das imagens não referenciadas nesta edição são desconhecidas. Os editores se colocam à disposição em caso de eventuais reivindicações a esse respeito.

Todos os direitos reservados à Ercolano Editora Ltda. © 2023.
A reprodução não autorizada desta publicação, no todo ou em parte, e em quaisquer meios impressos ou digitais, constitui violação de direitos autorais (Lei nº 9.610/98).

AGRADECIMENTOS

Alexandre Utchitel, Areablu Edizioni S.r.l., Bia Reingenheim, Carolina Pio Pedro, Daniela Senador, Edizioni La Conchiglia, Kauê Lopes, J.-C. Bouyard, Láiany Oliveira, Mateus Rodrigues, Mila Paes Leme Marques, Nicolas Rabain, Nicole Canet, Patrick Cardon, Raimondo Biffi, Viviane Tedeschi.

SUMÁRIO

12 PRÉFACIO
O BEIJO DE ADÔNIS
• RODRIGO LOPEZ

26	NOTA DO TRADUTOR
28	CAPÍTULO I
32	CAPÍTULO II
38	CAPÍTULO III
44	CAPÍTULO IV
50	CAPÍTULO V
58	CAPÍTULO VI
64	CAPÍTULO VII
70	CAPÍTULO VIII
78	CAPÍTULO IX
84	CAPÍTULO X
92	CAPÍTULO XI
100	CAPÍTULO XII
110	CAPÍTULO XIII
118	CAPÍTULO XIV
124	CAPÍTULO XV
132	CAPÍTULO XVI

Para E.B. e N.C.
em fiel e fervorosa amizade

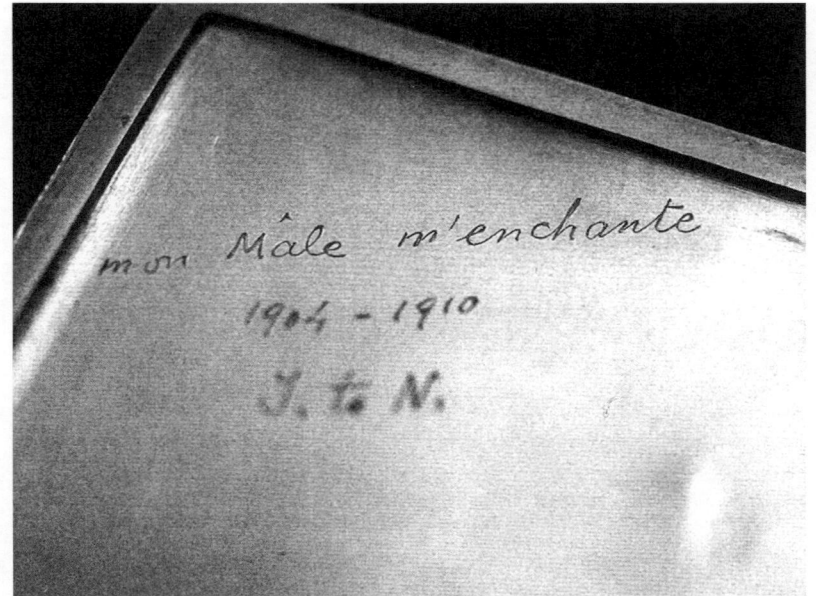

1

1   Objeto pertencente a Nino Cesarini, proveniente da Villa Lysis com a inscrição: *"Mon mâle m'enchante | 1904-1910 | J. to N."* [Meu macho me encanta | 1904-1910 | J. para N.]

2 Nino Cesarini (?), fotografia de Wilhelm von Plüschow.
3 O jovem Jacques Fersen.

PREFÁCIO

O BEIJO DE ADÔNIS

RODRIGO LOPEZ

L'opium créateur, chaste et mystérieux, vous offre la réalité de ses artificiels et le narcissisme perpétuel de son Adolescence.

FERSEN [1]

Existe o mito, a ficção. E existe o fato histórico, a realidade.

Quando olhamos de volta para os antigos gregos, essas categorias distintas e essa oposição, que nos trazem certa coerência, muitas vezes se embaralham, nos confundem, não são tão nítidas, a fronteira se esfumaça.

Nos séculos XVIII e XIX, com a escavação e a descoberta das ruínas de Delfos, Olímpia, Troia, Micenas, Pompeia e Herculano, o espanto e a paixão pelas antiguidades clássicas desataram na Europa. Lugares que até então sobreviviam em textos e escólios ou na imaginação dos antigos poetas reapareciam pelas mãos dos arqueólogos após séculos de silêncio, lançando uma nova luz na cabeça dos homens, manifestando vida e atiçando fantasias.

Troia, a cidade adorada pelos deuses, de muralhas intransponíveis. Micenas, rica em ouro, lar dos amaldiçoados atridas. Delfos, o centro do mundo, de onde se inalava o hálito do deus. Príamo, Aquiles, Heitor, Cassandra, Agamemnon, Clitemnestra, Electra, Orestes, Neoptólemo, Íon, pitonisas vaticinando em pleno transe apolíneo. Locais e personagens que regressavam e tinham agora endereço certo.

---

1 "Casto e misterioso, o ópio criador vos oferece a realidade de seus artifícios e o perpétuo narcisismo de sua Adolescência." (Tradução livre.) O trecho citado se encontra em "Sur l'opium" [Sobre o ópio], publicado na edição de abril de 1909 da revista *Akademos*. O texto consultado foi anexado na reedição da antologia de poemas de Fersen, *Ainsi chantait Marsyas*, de 1907. In: D'ADELSWÄRD-FERSEN, Jacques. *Ainsi chantait Marsyas*. Paris: GayKitschCamp, 2012. (N.E.)

A partir do século XVIII, nasce uma tradição cultural conhecida como *Grand Tour*, segundo a qual a educação de um jovem aristocrata europeu não se considerava completa sem a visita aos lugares da Antiguidade para contemplar, *in loco*, a beleza do legado greco-latino. Foram criadas sociedades de diletantes cujo objetivo era promover o "gosto pelo grego", uma imagem idealizada e conveniente da Grécia Antiga que, muitas vezes, perdura entre nós.

Não só a Grécia, mas também a Itália se converteria em lugar de culto e peregrinação. Publicado em plena Revolução Industrial, em 1816, *Viagem à Itália*, de Goethe, foi uma das primeiras obras a expressar as profundas transformações pelas quais iriam passar os habitantes da Europa Setentrional ao entrarem em contato com o Mediterrâneo. Os aventureiros e as almas sensíveis e de temperamento poético se voltavam em direção ao sul em busca de perspectivas mais espontâneas, sensuais, físicas, misteriosas, em busca da "Arcádia" perdida.

A Arcádia corresponde, aproximadamente, à zona central do Peloponeso, na Grécia. Porém, além de uma localidade, é uma abstração espacial, um conceito, uma imagem poética que se converte numa constante ao longo da história, um legado dos antigos gregos de que muito se apropriou o Cristianismo.

A Arcádia é identificada com a harmonia, a natureza, o equilíbrio. Com a ideia de reconsiderar o progresso em nome de uma moderação. Com a justiça social, a liberdade de amar, a música, a sensibilidade e a beleza.

A ideia de uma felicidade possível, uma constante universal.

Uma verdadeira grecomania irrompe nos primeiros anos do século XIX, espelhando-se em quase todos os domínios artísticos, como a pintura, a literatura, o mobiliário, as artes decorativas, a arquitetura e a moda. Tudo irradiava a alegoria de um passado clássico, excesso bastante ligado ao gosto da época.

O passo em direção ao sul se dava por outros muitos motivos e desvarios, e não apenas como parte da formação de jovens privilegiados eruditos. Viajantes que regressavam dos países mediterrâneos falavam da existência de lugares idílicos, da sensação de suspensão do tempo, de ruínas e santuários, de gente simples que seguia vivendo segundo os ciclos da natureza. Percorriam-se quilômetros em busca dos efeitos benéficos do sol. Como ritos iniciáticos, havia os que buscavam a regeneração e o autoconhecimento, e também havia aqueles que buscavam refúgio para amores proibidos, esconderijos para relações ilícitas.

A moral e a obsessão pela "respeitabilidade", tão comuns no século XIX, obrigariam o viajante a ter um motivo justificável, principalmente se o destino fosse algum país do Mediterrâneo, pois a crença geral era a de que a moral se deteriorava à medida que o clima ia melhorando.

☦

Jacques d'Adelswärd-Fersen (1880-1923) nasceu em Paris, filho de aristocratas de origem sueca e francesa, e herdeiro de uma enorme fortuna vinda de seu avô, magnata da indústria do aço em Longwy, norte da França.

Muito cedo, Jacques Fersen começou a frequentar os círculos literários e a alta sociedade. Aos dezoito anos, já havia publicado *Conte d'amour*, uma antologia de poemas austeros que entregou secretamente e de forma galante a todas as jovens de seu pequeno grupo.

Sua origem nobre (ele seria conhecido como Conde Fersen) e o fato de ser um dos jovens mais ricos da cidade de Paris, herdeiro aos vinte e dois anos de idade, o transformariam no noivo mais cobiçado nos altos círculos; todos os salões da sociedade parisiense lhe abririam as portas. Jacques d'Adelswärd-Fersen era o sonho das famílias aristocráticas que pretendiam casar suas filhas.

Em 1901, Fersen começou o serviço militar na 91ª Infantaria no Fort des Ayvelles e se estabeleceu como escritor. Publicou *Chansons légères* (1900), *L'Hymnaire d'Adonis* (1902), entre outros poemas e romances. Em seu retorno a Paris, começou a levar uma vida abertamente escandalosa e livre, expressada muitas vezes em sua poesia, gerando choque perante o público.

Em novembro de 1903, Jacques Fersen e seu amigo Albert François de Warren foram denunciados à polícia por realizarem, em sua casa localizada na 18 Avenue de Friedland, "entretenimentos" — *tableaux vivants* — com alunos das melhores escolas parisienses. Foram, então, presos e levados a julgamento por "ultraje à moral pública", sob a acusação de "incitar menores a cometer devassidão". Jornais e revistas da época publicavam supostos detalhes das orgias homossexuais de Jacques Fersen e François de Warren, a que chamavam de *messes noires*[2].

Os escândalos sexuais com rapazes, agora conhecidos por toda Paris, fizeram com que Fersen fosse expulso da França. Para se distanciar da polêmica e do barulho causado por seus atos, em um exílio voluntário, seguindo o caminho de muitos artistas e visionários, tais como Wilhelm von Gloeden, Axel Munthe, Wilhelm von Plüschow e D.H. Lawrence, Jacques Fersen partiu para o sul, rumo à Ilha de Capri, famosa por sua beleza e permissividade sexual.

---

2   O termo "missa negra" passa a ser amplamente difundido em plena voga do ocultismo no final do século XIX. O adjetivo "negro" se deve às cores das vestimentas, dos livros e da parafernália sombria com que se encenavam essas cerimônias. Heréticas e de caráter sacrílego para com a liturgia cristã, as missas negras foram objeto de muita especulação ao longo da História, nas quais nem sempre realidade e imaginação se correspondiam. O próprio Fersen as menciona em *Lord Lyllian: messes noires* (1905), no qual versa sobre as acusações incorridas sobre ele mesmo. (N.E.)

Ali ele construiria sua fabulação de Antiguidade em um decadente e estonteante estilo neoclássico, a Villa Lysis, batizada em homenagem ao jovem ateniense e amigo de Sócrates, Lísis, celebrado no diálogo homônimo de Platão. Essa vila está situada em um penhasco com vista para o mar, um lugar de onde era possível admirar a costa amalfitana e as montanhas de Basilicata. Um grande jardim se conecta à vila por degraus de mármore que levam a um pórtico em estilo jônico, terraços panorâmicos, salas decoradas com majólicas azuis e brancas e, na cave da propriedade, uma "Sala Chinesa" onde se fumava ópio.

Nas palavras de seu amigo, o escritor Norman Douglas:

> As pessoas sem dúvida perguntariam quem morava ali, quem poderia ter construído um palácio em um lugar como aquele. E então elas saberiam que era o refúgio do jovem e belo poeta francês que havia virado as costas para o mundo, enojado com a maneira cruel com que os tribunais parisienses o trataram. Ele estaria na boca de todos.[3]

Em 1904, ainda durante a construção de sua vila em Capri, Jacques Fersen viajou para Roma e se apaixonou por um jovem que trabalhava como ajudante de obras. Belo e de origem muito humilde, tinha quinze anos e se chamava Antonio (Nino) Cesarini. Obcecado pelo rapaz, Fersen convenceu seus pais a levá-lo consigo para Capri. Com uma grande quantia em dinheiro oferecida à família e comprometendo-se a cuidar de sua educação e saúde, Nino se tornaria seu "secretário" na ilha. O trato foi feito.

Em 1905, Jacques Fersen publicou *Lord Lyllian: Messes Noires*, uma sátira sobre o escândalo no qual ele

---

3   Citado em: DELLA CORTE, Mariano. "Villa Lysis: à la jeunesse d'amour", pp. 22-37, *in:* MARINO, Vittoria (org.) *Villa Lysis & Jacques Fersen* — Capri. Cava de' Tirreni: Areablu Edizioni, 2016, p. 26.

havia se envolvido em Paris. Essa obra corajosa, que mistura fato e ficção, incluindo quatro personagens que são seus duplos, foi traduzida e publicada em inglês apenas em 2005. Audacioso foi também o lançamento de uma revista com agenda abertamente homossexual, a primeira do gênero em língua francesa, *Akademos: revue mensuelle d'art libre et de critique*. De curta duração (apenas de um ano, com doze edições mensais), *Akademos* foi um periódico caro: cada edição era impressa em vários tipos de papel de luxo e tinha contribuições de autores conhecidos como Colette, Laurent Tailhade, Maxim Gorky, Filippo Tommaso Marinetti, entre outros.

Em 1907, publicou *Le Baiser de Narcisse* [*O Beijo de Narciso*], obra dedicada ao seu grande amor, Nino Cesarini, que não seria apenas a inspiração para a obra; Fersen também quis que ele fosse fotografado, ataviado como um efebo grego, por Wilhelm von Plüschow. Além da foto, uma estátua de Nino adornaria o jardim da vila e seria encomendada a Francesco Jerace, famoso escultor italiano. Os pintores Umberto Brunelleschi e Paul Höcker também retratariam a beleza do jovem. O próprio Fersen disse sobre o seu amado: "Nino, o jovem romano mais belo que a luz romana."

A primeira impressão que se tem ao ler *O Beijo de Narciso* é a de que não estamos diante do mito de Narciso, a criança que viveria até ser velha, se não olhasse para si mesma. A trajetória de Milès, o protagonista da obra — filho de uma liberta com um rico comerciante —, que desperta a paixão e o desejo por onde passa, nos leva ao encontro de outra figura mítica: Adônis.

As colunas de mármore do templo de Adônis, em Biblos, são mencionadas logo no início do primeiro capítulo, e o menino Milès, algum tempo depois, partindo em uma caravana, será consagrado ao templo de Adônis-das-mãos-de-marfim, na Ataleia.

Eis o mito de Adônis, aqui reconstituído a partir da versão de Paniássis de Halicarnasso, poeta grego do século V a.C., e da de Pierre Grimal:

Teio, rei da Assíria, tinha uma filha chamada Mirra (ou Esmirna), Afrodite passou a odiá-la porque Mirra desprezava seu culto. A cólera da deusa inspirou o desejo de relação incestuosa com o próprio pai. Com a ajuda de sua ama de leite, ela conseguiu enganar seu pai e deitou doze noites seguidas com ele. Porém na décima segunda noite, quando Teio compreendeu o estratagema de sua filha e o que havia feito, perseguiu Mirra com um cutelo em punho, para lhe dar a morte. Aterrorizada, a princesa rogou aos deuses que lhe tornassem invisível e os deuses, apiedados, lhe transformaram em uma árvore: a mirra. Nove meses depois, a casca da árvore se rompe e surge dela um menino chamado Adônis. Ele era tão belo que, impressionada com sua beleza, Afrodite o escondeu em um baú, confiando sua custódia a Perséfone. Quando a deusa do inframundo pôs os olhos em Adônis, se negou a devolver o menino a Afrodite.

Zeus então teve que mediar como árbitro o conflito. Dividiu o ano em três partes: uma terça parte Adônis ficaria com Perséfone, outra terça parte com Afrodite e a terça parte restante ele poderia escolher a companhia de uma das deusas. Afrodite foi escolhida.

AKADEMOS

N° 5. — Première Année
15 Mai 1909

Revue mensuelle d'Art libre et de Critique

Dans ce numéro :

LOUIS BERTRAND, BOULESTIN, ROBERTO BRACCO,
JANE CATULLE MENDÈS, B. CHARBONNEL, H. CLOUARD,
FERSEN, PAUL FLORA, H. GAUTHIER-VILLARS, MAX GAUTIER,
RENÉ GHIL, ADRIENNE HEINEKEN, E. LA JEUNESSE,
R. DE JOUVENEL, VICTOR LITSCHFOUSSE, E.-VICTOR MARTIN,
SAINT-MARCET, V. DE SAINT-POINT, ROYAUMONT,
RENÉ SANGY, ROBERT SCHEFFER, SONYEUSE, SYDNEY-PLACE,
L. TOLSTOÏ, TANCRÈDE DE VISAN, E. WILHEM,
A.-B. D'YVERMONT

PARIS
Direction et Abonnements : 24, Rue Eugène Manuel XVI°
ADMINISTRATION ET RÉDACTION
chez A. MESSEIN, 19, Quai Saint-Michel

Prix du N° : NET **2 fr. 50**. — Abonnement : 30 fr. par an — Étranger, 36 fr.

Frontispício da revista Akademos, 1909.

Adônis morre algum tempo depois em uma caçada, sendo atacado por um javali selvagem. Alguns afirmariam que a morte do jovem foi provocada pelos ciúmes do deus Ares, amante de Afrodite, que se metamorfoseara no animal.[4]

Assim como Adônis, Milès não se dá conta da febre que sua beleza causa.

Assim como Adônis, Milès é uma coroa de flores que dura apenas um dia.

Ambos possuidores de enorme beleza, irradiam uma potência divina que, como em toda narração mítica, invoca o mistério e oculta um sentido que é necessário desvelar. Adolescentes precoces, ignorantes de si mesmos, sedutores de breve vida, viverão no cativeiro dos deuses e dos muito ricos, longe da vista de todos. Ao seu redor, crescerão a disputa, a paixão, a fome e a amargura. Adônis, produto da árvore de mirra, fruto do amor-próprio de Afrodite, amado tanto sobre a terra como nas margens do Aqueronte; e Milès, "o pequeno deus de prata" (p. 95), o adolescente solitário que, possuindo a imaterialidade e a frieza dos mármores, será escravo e senhor de todos aqueles que encontrarem em seu reflexo a imagem do Amor. Ambos são o encontro da juventude com a morte, o elogio à beleza que viceja e morre.

O próprio Milès dirá: "— Quem nos conhece e quem nos ama aqui?" (p. 62)

O vislumbre do corpo adorável de Milès, sua presença comunicando o divino, poderia evocar palavras de louvor diante de um incensório de plantas aromáticas.

---

4   Paniássis Frg 25 (Kinkel), *in: Apolodoro, Biblioteca, III, 14, 4*. Vide também: V.J. Mattews, *Panyasis of Halikarnassos: Text and Commentary*, Leiden, 1974, pp. 120-125, cit. *in*: DETIENNE, Marcel. *Los jardines de Adonis: la mitologia griega de los aromas* (trad. BARRERA, José Carlos B.). Madrid: Ediciones Akal Sa., 1983, pp. 52-53 e GRIMAL, Pierre. Dicionário da Mitologia. Rio de Janeiro: Editora Bertrand Brasil, 1986. Tradução de Rodrigo Lopez.

O fervor de um Hino Órfico dedicado a Adônis poderia estar na voz de qualquer personagem deste romance de Fersen, na boca de Enacrios, de Ictinos, Briséis, nos lamentos de Scopas:

> Ouve-me, excelso demônio com mil nomes adorado,
> Ó amigo dos ermos, com belas melenas, de muito cantar
>   anelo,
> Bom Eubuleu polimorfo, preclaro cibo do mundo,
> Moço e Moça, sempre a florir para todos,
> Adônis extinto e aceso no volver das estações,
> Luxuriante, bicorne, com lágrimas celebrado,
> Gracioso, amante da caça, jovem de belos cabelos,
> Lânguido talo da Cípria, broto virente de Eros,
> Nascido no leito da belas-tranças, Perséfone,
> Que ora habitas o Tártaro nebuloso
> Ora o corpo tempestivo e frútil no Olimpo mostras:
> Vem, bendito, e traz aos mistas os ricos germes da terra[5].

No final do século V a.C., celebrava-se em Atenas, durante o verão, o ritual das Adonias, uma festa excêntrica, de caráter privado, que a cidade tolerava à margem dos cultos oficiais e das cerimônias públicas.

Adônis estava associado ao mito da vegetação, o jovem mortal de sêmen exuberante que suscita, primeiro em Afrodite e, depois, em Perséfone, o desejo exclusivo e possessivo dos amantes.

A sedução de Adônis permitirá unir dois termos que normalmente estão separados. Compartilhado por duas deusas, o jovem será forçado a satisfazê-las tanto por cima como por debaixo da terra. Um dos aspectos mais conhecidos dessa festa, celebrada pelas mulheres em honra ao amante de Afrodite, era fazer crescer em poucos

---

5   *Hinos Órficos*: Perfumes. Introdução, tradução, comentário e notas de Ordep Serra. São Paulo: Odysseus Editora, 2015. p. 241.

dias flores, cereais e hortaliças plantados em pequenos terrários ao ar livre. Eram chamados de "Os jardins de Adônis". Esses famosos "jardins rituais" nasciam à força; seus produtos saíam da terra de seus pequenos vasos em dois ou três dias, regados com água quente para que, dessa forma, favorecessem seu rápido crescimento, e logo pereciam. Um desabrochar violento, um cultivo sem frutos, jardins estéreis colocados sobre os telhados em que o sol ardente os faria murchar imediatamente.

Marcel Detienne, em seu livro *Les jardins d'Adonis: La mythologie des parfums et des aromates en Grèce* [Os jardins de Adônis: A mitologia dos perfumes e dos aromas na Grécia] (1972), nos diz que Adônis está condenado à impotência devido, precisamente, ao seu excesso de potência sexual.

A morte tão precoce e comovente se alternava com a juventude intensa. A alegoria desses jardins que floresciam ao ar livre, promovendo e provocando a vegetação, e que no momento seguinte desapareciam dando lugar ao lamento e à expressão de profunda tristeza, será também o estigma do melancólico Milès, possuidor de uma humanidade afastada que nem mesmo o artista conseguirá captar. Efêmero, privado de virilidade, sem maturação, sem raízes.

Jacques Fersen, em sua fantasia de inspiração real e existente, nos revela a negação do verdadeiro cultivo, a beleza que não nasce do plantio da terra, mas que germina constrita em pequenos vasos de argila, aquela que despreza o tempo conveniente, uma imagem irrisória da verdadeira terra.

Adônis, Milès, Nino... O esplendor e o nada.

Quando estamos diante de algo, acreditamos que este algo é real ou irreal.

Mas entre deuses e homens existem outras realidades. Há ilusões e convivemos com elas como se fossem reais, porque as tomamos como realidade, ilusões que nos conduzem a realidades. Talvez Fersen, tendo isso em mente, poderia ter repetido muitas vezes a frase de Goethe: "Eu também estive na Arcádia".

‡

Jacques Fersen, o poeta banido, o pederasta odiado, o multimilionário excêntrico que recriou sua vida em volta da beleza de um jovem, projetando sua própria sombra na tentativa de explicar um mundo que já não existia mais.

Em 1923, depois de misturar cinco gramas de cocaína a uma taça de champanhe, aos quarenta e três anos de idade, Jacques d'Adelswärd-Fersen é encontrado morto. Nino voltaria a Roma. O jovem, celebrado como um deus, que passara toda a vida ao seu lado, seria logo esquecido. Alguns dizem que Nino teria morrido na miséria, vendendo jornais na rua, ou que teria sido vítima do ópio.

Talvez o Narciso que dá título a esta obra seja o próprio Fersen, embevecido, incapaz de dar sentido ao movimento, definhando diante de uma imagem que ele mesmo engendrara.

Ainda hoje, é possível ver, logo após o portão de entrada da Villa Lysis, em Capri, ao pé de uma escada, uma frase em latim, título de uma obra de Maurice Barrès, gravada no mármore negro:

AMORI ET DOLORI SACRUM [Consagrado ao amor e à dor].

NOTA DO TRADUTOR

O leitor se depara aqui com uma narrativa fantasiosa, uma alegoria; que se deixe, então, levar por ela. A prosa multicolor de Fersen, subproduto de sua criação poética, se baseia na musicalidade, que, aqui, desempenha um papel seminal.

Em prol do ritmo e da fluidez, não constam notas de rodapé a cada ocorrência de termos referentes à Antiguidade greco-latina. Aviso aos cartesianos a quem Fersen possa espantar: esta rapsódia, fruto da imaginação do autor entre uma e outra dose de ópio, recorre a termos ora latinos, ora gregos, não raro denotando conceitos análogos, semelhantes ou mesmo neologismos. A riqueza de detalhes — e há quem veja nisso um excesso censurável — pressupõe a pesquisa de cada leitor conforme seu desejo, priorizando-se o prazer da leitura sem encerrar os sentidos.

As passagens indicadas entre colchetes correspondem aos trechos reproduzidos na edição de 1907, em posse de Raimondo Biffi, e que foram excluídos da reedição de 1912. Essas passagens foram acrescentadas à reedição de *Le Baiser de Narcisse*, publicada em 2012 pelas edições GayKitschCamp. Ao amável editor Patrick Cardon, expressamos nossos sinceros agradecimentos.

CAPÍTULO

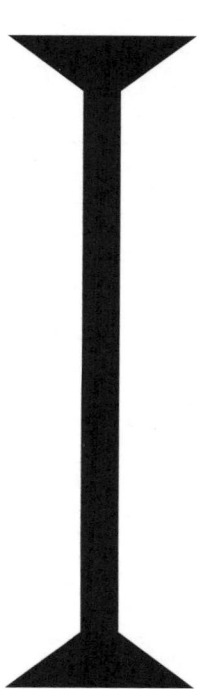

MILÈS… NASCEU EM BIBLOS, CIDADE RÓSEA DOS TERRAÇOS DOURADOS; EM BIBLOS, NO VALE DE LAODICEIA, ONDE OS TEMPLOS DE ADÔNIS ERIGEM SUAS COLUNAS DE MÁRMORE SOBRE O CÉU CLARO, DE FRENTE PARA as colinas de loureiros. Foi mais ou menos na época em que começa o verão. Aos milhares, como fusos imóveis, os lírios estrelavam os campos amarelados. O odor mentolado das ervas e dos funchos maduros chegava, violento, até a cidade, e as uvas já mostravam seus grãos verdes entre as folhas largas. Lidda, mãe de Milès, era uma liberta de Elul, seu amo. Lidda vinha da Bitínia. Seus olhos de cristal, nos quais gotas de água pareciam prisioneiras, contrastavam com os olhares ardentes, negros e monótonos das meninas da região. Três anos atrás, Elul a comprara como escrava. Fora empregada nas prensas de azeitonas. Após a colheita, no momento do inverno, ela triava, com seus dedos ágeis, magros e pontiagudos, os casulos dos frutos morenos. Em seguida, quem girava a mó eram tírios de pernas curtas, hirsutos, com músculos de feras; a lenta cocção nas jarras de terra, com flancos rugosos em que se exibiam belas lendas historicizadas. Durante semanas, o repouso; então, a festa alegre, após a qual se decantava o azeite das jarras para colocá-lo em ânforas — o azeite loiro e xaroposo que reluzia como mel.

Lidda, que ainda não completara dezoito anos, demonstrava uma resignação melancólica e passiva nesses trabalhos. No semblante branco que o sol não dourara, nenhuma expressão a não ser a morna beleza. Ela se assemelhava à união da juventude com a morte; os lábios, que nenhum sorriso iluminava, tinham o ar de uma taça pura que se secara. Na noite em que o amo a distinguiu e a lançou sobre seu leito, ninguém poderia dizer se as pálpebras da virgem palpitavam de medo, de ódio ou de amor. No dia em que os sacerdotes anunciaram o nascimento de uma criança, ela não chorou, tampouco se regozijou. Quando Elul finalmente declarou a alforria de Lidda, seu próprio orgulho, aquela soberba selvagem e dissimulada que se lia na moça, permaneceu dentro dela. Assim Milès veio ao mundo, nem desejado nem malquisto, mas parecido com aqueles mirtos da montanha que aproveitam um canto de musgo para ali crescer e florescer.

Elul, o amo, possuía vinhas, pomares, bosques, casas e um templo que mandara erigir à glória dos deuses do mar. Porque sua riqueza vinha do mar. Em Cnido, no litoral, dez galeras pertencentes a ele negociavam, com os habitantes das ilhas e até com a Grécia, o vinho de seus tonéis e o óleo de suas prensas em troca de belas dracmas de prata pura. Ele vivia quase sempre recluso, misterioso e temido sob os pórticos velados do átrio. Às vezes, se podia entrevê-lo, sisudo, vestido à moda egípcia, os cabelos crespos e calamistrados, as orelhas achatadas, cravadas de esmeraldas ou de eletros; seu perfil evocava Xerxes...

Durante os quatro anos da primeira idade, Milès, balbuciante e brincalhão, permanecia no gineceu onde Lidda, agora livre, comandava as outras mulheres de Elul. A criança ali cresceu, amada e acarinhada por todos, exceto por outra liberta, Kittim, a rival de sua mãe. Por volta da primavera, uma romãzeira espetava a soleira da casa com suas flores ensanguentadas sobre a neve das cerejeiras. No verão, completamente nu, Milès seguia, a passinhos desajeitados e precipitados, os ceifadores que iam cortar as folhagens e os fenos. No outono, durante a vindima, aos três anos, o Pai lambuzou a boca do menino com levedura e, pela primeira vez, a careta da criança o fez sorrir.

Completados os quatro anos, Elul quis criar o filho. Ordenou que o levassem a ele; colocou-o em cima de seus joelhos para vê-lo e beijá-lo. E, como o pequeno chorava, assustado, e se debatia revirando os olhos magníficos e os lábios de gladíolos, o homem o acalmou cantando uma cantiga nômade, embaladora e nostálgica, uma daquelas litanias de cameleiros que se vão rumo ao Oriente.

CAPÍTULO

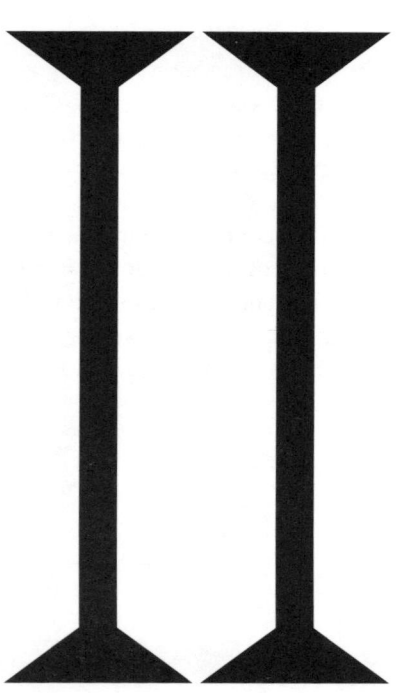

II

A PARTIR
DAQUELE DIA,
A INFLUÊNCIA
DE LIDDA
PREVALECERA
SOBRE A
DAS OUTRAS
MULHERES DE
UMA VEZ POR
TODAS. ESTAVA
SEPARADA DO
FILHO,
MAS REINAVA.
PARA TORNÁ-LA
MAIS BELA E
MAIS DESEJADA,

Elul desceu às cavernas secretas, que as velhas escravas diziam estar repletas de tesouros, e subiu carregado daqueles colares ornamentados, confeccionados na Trácia, com pérolas de Mitilene e pedras azuis de Alexandria. Lidda enfeitou-se com elas, evocando, assim, as estátuas de Afrodite cobertas de joias por seus adoradores. E dali em diante, símbolo de sua prisão de ouro, o barulho dos pequenos elos e das malhas preciosas acompanhavam o deslizar sedoso de seus pés brancos. Quanto a Milès, colocaram-no sob a guarda de um homem que vivia há dez anos a serviço de Elul. Ninguém sabia dizer de qual região do Sul ele vinha. Séir falava um dialeto ininteligível, no qual palavras gregas se emaranhavam a exclamações guturais, como aquelas que os bárbaros emitiam. Com porte de atleta, a pele cor de terra sob a qual se ressaltavam, semelhantes a ondas repentinas, os músculos entumecidos, em sua face escura só se viam dois olhões com pupilas que se confundiam na sombra do rosto. Aquelas órbitas pareciam conter ovos cozidos esvaziados das gemas. Às vezes, se delineava outro corte largo e branco. Séir ria. Porque era meigo e firme como a criança cuja guarda lhe fora confiada, mas capaz de estrangular o chacal que uiva nas montanhas distantes com a força de apenas uma das mãos.

Portanto Milès se apegou muito rápido ao rústico educador. Lidda entrava em certas horas, acariciava o filho com a mão distraída e tilintando armilas. Para Milès, com o espírito a despertar e a observar o mundo ao seu redor como imagens, Lidda parecia bela demais, altiva demais. Ela metia medo nele com seus tecidos brocados. Os dedinhos do garoto preferiam se agarrar à túnica rude de Séir ou às suas palmas, calejadas como patas de cão.

A vida de Elul, até aquele momento tão reclusa, mudava. Ele chamava o pequeno quase todos os dias após a refeição das horas meridianas. E, vendo que ele compreendia, que uma inteligência precoce iluminava de vida os olhos de Milès, o pai lhe contava lendas, histórias; ao redor do semblante claro, Elul fazia vibrar as asas dos gênios, o grito dos heróis, a música dos deuses. Às vezes, a voz do amo cantava versos de Homero. Tremelicando, Milès perseguia sobre o mar ideal a frota que partia para Troia, oferecia a ambrosia no lugar de Ganimedes, se inclinava sobre a água lívida para ver se Narciso estava morto. Às vezes, também, Elul abandonava os poetas para narrar sua juventude. Tomava Milès, acalentava-o em suas clâmides, como num sonho, falando-lhe sobre suas aventuras; pois o amo viajara por todos os países, pela Fenícia, pela Capadócia, pela Galileia, pelo Egito para além das cataratas, pela Judeia, pela Grécia e, certa vez, em sua última partida no ano II do reino de César Augusto, ele fora até Roma.

E se de suas expedições longínquas ele trouxe a fortuna pesada do metal, seu espírito guardara inúmeras recordações que desdobrava diante de seu filho como afrescos raros.

Entretanto, Milès crescia em tamanho e beleza. A cabeça encantadora de Lidda ressuscitava, animada, e parecia jorrar do pescoço morno e branco como um caule sublime. Enquanto Milès passava com Séir pelas vias pavimentadas de Biblos e a pedra achatada ressoava debaixo do casco do asno que carregava a criança, os mercadores acocorados, os ricos em liteiras, os legionários romanos, os profetas e os mendigos se voltavam para ver a radiante aparição. Pois era nos tempos em que o mundo adorava a Beleza, em que o povo absolvia Friné[1] pelo esplendor de suas formas, em que Antínoo ia nascer pelo capricho de um Imperador, e todos excla-

---

1   Também conhecida como Frineia, nasceu em Téspias, na Beócia (atual Grécia central). Foi modelo e hetaira — categoria especial de cortesã na Grécia Antiga ou "acompanhante", conforme o sentido etimológico. É sobretudo conhecida pela lenda segundo a qual foi julgada por profanação, tendo sido absolvida após expor os seios perante os membros do júri, maravilhando-os.

mavam: "Este será amado por Zeus!", e emprestavam aos deuses do céu a admiração dos homens da terra...

Elul gostaria de fazer de seu filho mercador, guerreiro ou atleta. O mercador teria preservado e feito frutificar as riquezas adormecidas: ele recolhia fortunas. O guerreiro teria saqueado e trazido as maravilhas estrangeiras em um butim triunfante: ele colhia espadas. Enfim, o atleta, imagem ativa da força humana, teria lutado pela supremacia de seu vigor: ele recolhia os louros-pretos. Apesar de todos os esforços, Milès não parecia se orgulhar desses destinos. Seu corpo adorável unia a juventude harmoniosa à fragilidade. Ele era uma obra-prima pueril, a virilidade permanecia ausente; seu corpo era lindo como os prelúdios de um pífaro em abril; sua alma, nascida da alma de Lidda, se mostrava contempladora e pairaria pela vida afora como o pássaro da manhã. Então, compreendendo essas coisas, a fim de não poluir ou assassinar tanta graciosidade, Elul imaginou que Milès seria sacerdote.

CAPÍTULO

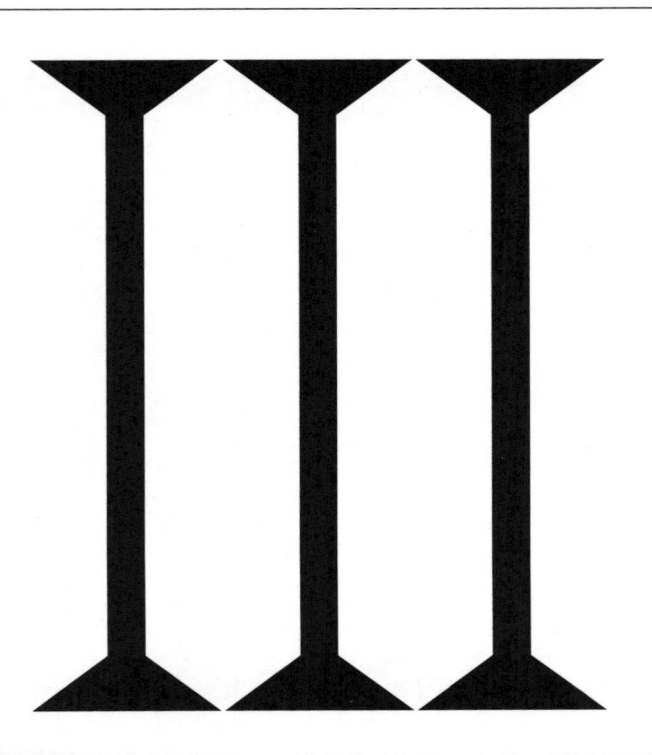

III

NUMA MANHÃ SEM LUZ, CINZA COMO A ETERNIDADE, MILÈS PARTIU COM SÉIR PARA O TEMPLO DE ADÔNIS-DAS-MÃOS-DE-MARFIM, ERIGIDO NOS PORTÕES DE ATALEIA, DE FRENTE PARA O MAR. OS DOIS SE JUNTARAM a uma caravana que havia parado em Biblos para permitir que certos mercadores hebreus, que faziam parte dela, escambassem na cidade. Durante três dias, na praça dos discursos solenes, defronte às colunas levantadas pelo cônsul Marcus Drusus, trouxas misteriosas, amarradas com cordas por cima de cobertas sujas, bocejavam, uma após a outra, estripadas sob o sol de fogo. Era uma exibição desordenada de odores de especiarias, de confeitos do Oriente, de lãs e papiros preparados, de estranhos couros feitos para cobrir escudos, couros tão fortes que, assim se dizia, a lança não os penetrava. Havia também joias rudes e bárbaras, tecidos brocados, trabalhadíssimos, nos quais pássaros em pedrarias voavam entre largas flores rosas, ao passo que outros, de asas abertas, se empoleiravam em minúsculas casas, no teto pontudo e em forma de fuso. Tudo aquilo vinha de muito longe. Enquanto Elul gravava nas tábuas uma carta ao sumo sacerdote de Ataleia, Milès se maravilhava ao ver tais coisas. Pedira a Séir que interrogasse o velho mercador de Jerusalém, o qual respondeu que eram necessários meses e meses de caravana, de caminhada sob o sol e sob a lua, para chegar até a terra em que esses objetos eram fabricados. E Milès, comovido, permanecia sonhador...

Também quando soubera dos preparativos para a viagem, o menino não escondeu sua alegria. Lidda, sempre bela e indiferente, exortou preces aos deuses e beijou a testa do pequeno com lábios distraídos. O amo, Elul, que na véspera havia dado um festim aos chefes dos mercadores, ergueu o filho com as próprias mãos sobre o palanquim, fechado por causa do calor e dos insetos. Séir tinha de caminhar perto dos bois e, em caso de ataque, deram a ele uma robusta lança de arremesso com o nome de Elul gravado no ferro. Mulheres e efebos de Biblos, que conheciam Milès devido à sua beleza, e que sabiam que era devoto do deus do amor, jogaram corolas de jasmim sobre ele em sua partida. Mas a carícia das flores não fez com que o rosto encantador de Milès estremecesse.

Seu pensamento estava distante. Sem conhecer a tristeza das paisagens abandonadas, seu coração desfalecia numa vertigem inebriada e numa volúpia de descobertas. As poesias antigas lhe falavam de Jasão. E as palavras do mercador judeu cantavam em sua memória: eles andariam durante meses e meses, sob o sol e sob a lua...

Pelos vales úmidos onde as samambaias tremem, onde o pássaro vocaliza; pelas colinas queimadas, entre os cedros nodosos e os pinhos macilentos; e pelas chapadas carecas, onde a grama é rara, a caravana caminhava. Os homens salmodiavam melodias melancólicas, interrompidos pelo brusco chamado, pelo "Ôooo!" dos condutores esporeando os asnos e os bois. Finalmente, após duas semanas, alcançaram a costa, e Milès, que jamais a havia visto, guardou na memória, por muito tempo, os barulhos que ouviu, aqueles barulhos da água, da areia e do vento que passa, daquela mesma música de ondas extenuadas, que revivem ostentando suas rendas de espuma por cima da praia. Um cheiro de sal, de peixe e de algas, depois, de repente, o infinito de uma cor aérea: o mar!

Eles foram alongando a costa durante dois dias, atravessando cidades protegidas por grosseiras muralhas de terra nas quais crescem míseras palmeiras. Pobres cabanas de pescadores em que os barcos, sua única riqueza, se erguiam sobre a areia fina, içados ali, retidos por vigas, com suas velas e redes a secar. No canto superior das velas, uma imagem ingenuamente pintada se mostrava: Milès reconheceu o tridente de Poseidon. E a cada cidade, a criança, impaciente de se ver apontando para as cercanias do templo de Adônis--das-mãos-de-marfim, perguntava: "Aqui é Ataleia?".

Chegaram, enfim.

Foi à noite, na hora em que as estrelas brotavam, gota a gota, no céu esverdeado. De Ataleia, distinguia-se apenas uma massa confusa; dessa cidade, celebrada por todos devido às suas riquezas e ao seu encanto, chegavam apenas um vago perfume e rumores. Milès, decepcionado, interrogava Séir. Afastando com uma das mãos os cachos rebeldes que lhe cobriam os olhos e, com a outra, abrindo a cada minuto as cortinas de tela do palanquim, ele gostaria tanto de perceber coisas! Mas eis que, de súbito, no desbaste da colina até então dissimulada, uma enorme lua rosa saltou no céu. E, quando se viu essa lua rósea, ela parecia a saída radiante de um subterrâneo escavado na massa espessa da noite, a saída de um subterrâneo que conduz à luz eterna...

Como alguns dentre os viajantes pertenciam à seita efésia de Diana, a caravana parou, os homens se reuniram sob a claridade simbólica, ajoelharam-se e rezaram.

VI

CAPÍTULO IV

LÁ ESTAVA
O TEMPLO,
PORTICO
BRANCO,
ABRINDO-SE
PARA O MAR.
AS COLUNAS
MASSIVAS,
DE CAPITÉIS
DÓRICOS
ENCURVADOS
COMO CHIFRES,
ALTERNAVAM
SEUS MÁRMORES
VERDES E SEUS
MÁRMORES

negros, cingindo o santuário com um amplo terraço de onde se descobria o horizonte. Sobre esse terraço, entre as colunas, altos tripés de cobre jorravam, esbeltos; eles sustentavam os vasos de oferenda em que perfumes místicos queimam sem cessar, os vasos nos quais se lê, em alto-relevo, o nome do deus entre as cabeças de carneiro. Uma escada imensa, com largura de vinte palmos, subia em direção ao pórtico; cobriam-se os degraus, noite e dia, com tapetes espessos, como aqueles feitos no Líbano, tapetes em púrpura pálida, para que os adoradores da juventude e da vida não sintam a dureza das pedras debaixo dos pés. No último patamar, todo em mosaico, dois grandes velários tecidos com ouro caíam em largos plissados da arquitrave; sobre o tecido, ao mesmo tempo suntuoso e leve, arqueavam-se guirlandas de mirto, suspensas cá e lá por correntes de prata.

A uma altura que a atmosfera azulava, a uma altura do lado do mar e voltada para ele como uma imagem propiciatória, a estátua do divino efebo, branca, como que esculpida na crista das ondas, reluzia sobre o céu profundo, no meio do recolhimento calmo e da serenidade. Mal se distinguia uma diferença de matiz perto dos punhos, perto de onde o marfim substituía o mármore outrora mutilado pelos bárbaros. Pois, após o saque e a captura de Ataleia, foi preciso reparar o sacrilégio e colocar mãos de marfim na divindade para que ela fosse ainda mais branda em suas carícias aos infortunados. Em volta do templo, na colina, aloés, loureiros e figueiras suculentas entrelaçavam suas folhagens e seus espinhos, de vez em quando furados por ciprestes obscuros e de delgadas chamas imóveis.

No entanto, os sacerdotes, avisados sobre a chegada de Milès, foram aos portões da cidade para recebê-lo na barraca sob a qual a criança passara a noite. Viram-no, acharam-no belo e saudaram-no. Eram adolescentes de aproximadamente dezoito anos. Para Milès, que sorria, eles pareciam irmãos mais velhos. O rosto deles também estava pleno de graciosidade. Milès disse então adeus a Séir e sentiu que, doravante, estaria longe daqueles que o amaram. O escravo se ajoelhou para beijar os tornozelos do pequeno amo que estava indo embora, e em suas órbitas brancas, sobre as pupilas escuras, se lia a humilde devoção dos bichos. Depois, os jovens sacerdotes e Milès partiram. Atravessaram uma parte da cidade. Ao passarem, o povo, reconhecendo as vestes enxofradas e as bengalas de ébano sacerdotais, se inclinava pronunciando palavras que Milès não compreendia. Em alguns instantes, tinham de galgar passagem através de uma multidão fervilhante, nua, no seio da qual odores fermentavam. Por um momento, Milès achou que estava caindo quando suas pernas se enredaram no reciário de um gladiador que se dirigia ao circo. Depois, veio um enorme cão amarelo, errante, que fugia correndo de lado, como um caranguejo, as orelhas erguidas, o rabo baixo, um pedaço de carne roubada no focinho. Ele se lançou sobre a criança. Felizmente, os sacerdotes afugentaram o animal endoidecido e tudo terminou com o estouro de um ataque de riso. Uma vez quebrado o gelo, e mais confiantes, eles se falaram e os guias perguntaram a Milès sobre sua família, sua idade e sua pátria. Já se encontravam na outra extremidade da cidade. Diante deles, o templo alçava sua arquitetura pura. A uma longa distância antes de chegarem, encontraram um caminho, repleto de flores secas ou ainda frescas, de lájeas de pedra gastas pelos passos dos cortejos. Haviam dito a Milès quais seriam suas primeiras purificações e quais cuidados ele receberia dos pociladores[2] antes de adentrar a fronteira sagrada. Como eles se dirigiam às termas, cruzaram uma teoria de rapazes cujas túnicas de linho transparentes deixavam entrever suas formas

---

2   "*Pocillateur*", forma galicizada do termo latino *pocillator*, é o oficial responsável por servir vinho aos soberanos à mesa. Aqui, Fersen emprega o termo com uma conotação sagrada.

juvenis e musculosas. Todos esses rapazes estavam coroados de mirto: uns carregavam em copas o incenso, o vinho e as pétalas de rosa destinados à libação. Outros carregavam cetros rígidos com cabeças flexíveis, lírios da Judeia com pétalas da cor das cidras maduras. Outros, por fim, tochas invertidas. Atrás deles, uma dezena de efebos maravilhosamente belos e pálidos prosseguiam, segurando uma liteira coberta por um véu e semeada de asfódelos. Os carregadores estavam nus e o sol da manhã aveludava suas ancas encurvadas, magras como um contorno de lira. Milès e seus companheiros pararam para ver o cortejo. Pairava um silêncio impressionante. Nenhum daqueles passantes parecia querer descolar os lábios. Todavia, súplicas erravam em seus olhares melancólicos. E a nudez deles parecia uma prece viva.

Ao perceberem os sacerdotes, eles se detiveram. Dois dentre os primeiros na procissão estenderam, sem dizer palavra, os lírios que seguravam nas mãos. E os sacerdotes, que por sua vez se tornaram solenes, tomaram os lírios e os despetalaram por sobre a liteira coberta. Retomaram, então, a caminhada e galgaram, por cima da púrpura, as escadarias sublimes que pareciam ascender ao céu. Delinearam, um por um, seu perfil claro sobre os pórticos. Desapareceram, um por um: à sua chegada, os tripés se iluminaram e, agora, densas fumaças azuis deslizavam em direção à terra. Depois, de repente, um grande grito dilacerante se elevou, um grito emitido por aquelas vozes que, contudo, deveriam ignorar a dor.

Perante a estátua de mãos de marfim, algo longo, pesado e afusado acabava de ser içado ao cume de um pedestal sombrio. E na medida em que o grito trágico expirava, chamas repentinas lamberam aquele pedestal que se tornava uma pira. Agora, entre as volutas pretas, grandes serpentes de fogo esguichavam no mar.

Aquele que estava morto acabava de completar quinze anos.

CAPÍTULO V

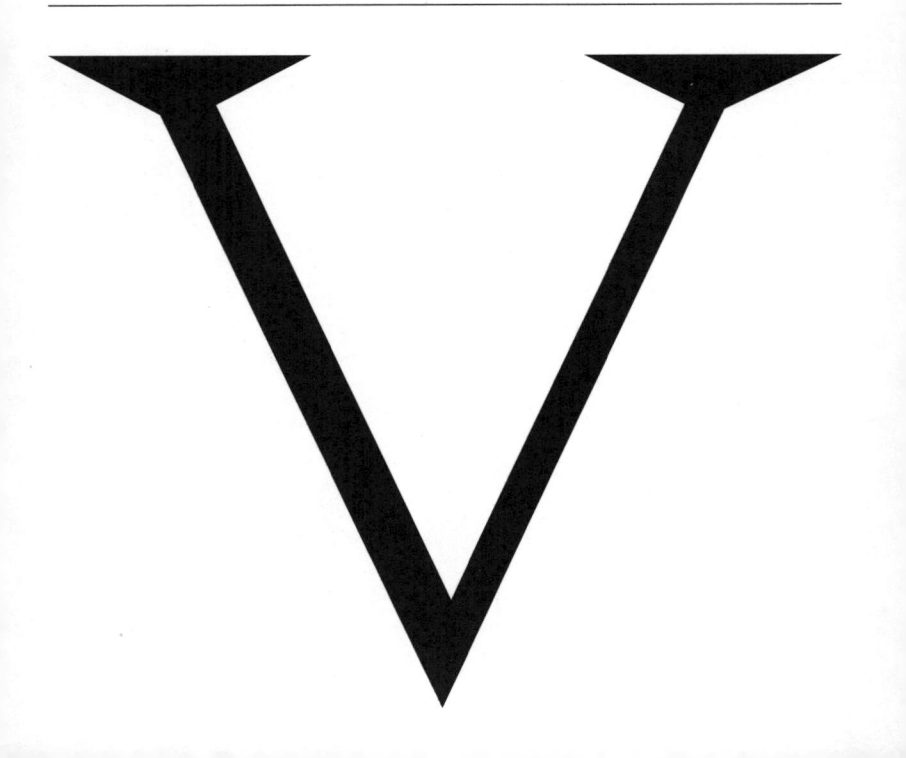

NO FUNDO DA SALA NUA, O SUMO SACERDOTE, RODEADO POR SETE ADOLESCENTES QUE REPRESENTAVAM OS SETE RITOS, IA JULGAR MILÈS. O SUMO SACERDOTE, CUJAS COSTAS ARQUEADAS E BARBA BRANCA contrastavam com a juventude triunfante de seu cortejo, estava sentado em uma massiva sédia romana. Trajava uma veste cor de sangue, que encobria parcialmente sandálias enfeitadas de gemas, e repousava as mãos, ainda belas, sobre as beiras da sédia, em que estava gravado o nome de Adônis. Os efebos ao seu redor seguravam objetos consagrados sobre bandejas de metal cobertas de anêmonas: o fogo, a mirra, o linho branco, o espelho de cobre, a água lustral, a bengala de marfim e os címbalos de ouro. E aguardavam a hora em que o sol cairia reto pela fenda da abóbada, lançando seu disco rubro sobre o chão coberto de violetas, pois era a hora da Iniciação.

...Sob os dedos sutis dos pociladores, Milès, em êxtase, fechava seus belos olhos. Há três meses, ele fora submetido às purificações, aprendera a cantar versos e a dançar para enfrentar o areópago; jamais as carícias dos escravos foram tão doces. Haviam-no ungido com óleos preciosos e nardos de Siracusa. Suas pupilas batiam como asas lassas, e seu corpo radiante estava flexível, ondejante e mais terno que qualquer alga rósea.

Um breve toque de trombeta o fez sobressaltar de seu sono profundo. Chegara o momento. Subitamente trazido de volta à realidade, foi acometido por um pavor atroz. Quando se pôs de pé, as pernas se dobraram como se chumbo corresse em suas veias. Febril, pediu um espelho e, como não tinha espelho algum, curvou-se, curioso e lindo, sobre o lavatório em que se banhara. E a água tremente enviou uma imagem para ele, uma sombra, a bem da verdade, mas tão fina e juvenil que Milès sorriu.

Então os pociladores agrafaram a túnica dourada por cima de seus ombros, os colares, os braceletes, e ofereceram-lhe maquiagem. Recusou a maquiagem. Ao término de tudo, ele colocou a fita branca que beijava seus cabelos até as sobrancelhas arqueadas. Debaixo desse capacete cacheado e sombrio, as pupilas líquidas, transparentes pupilas azuis, cresciam sem comedimento até se tornarem pedras preciosas incrustadas num rosto.

Um segundo chamado de cobre estridiu imperativamente, repetido por centenas de trompetes abaixo dos pórticos do templo. Nesse momento, afastou-se a cortina de púrpura que separava a sala dos pociladores do corredor que dava para a sala de julgamento. Uma multidão de adolescentes, em sua maioria sacerdotes ou iniciados, aguardava Milès para o escoltar, e esses efebos seguravam liras, harpas e flautas.

Numa terceira vez, as trombas soaram e os discos de bronze, trazidos pelos magos do deserto, discos que se golpeiam com martelos de ébano, fremiram orgulhosamente. Assim Milès partiu para ir dançar, cantar e agradar, para consagrar sua beleza e sua juventude ao deus; Milès partiu, precedido e seguido de música, igual a Davi que, na história da Judeia, soube encantar Saul com um sorriso.

No limiar da tribuna, as vozes se calaram, as flautas se apaziguaram, as harpas se suavizaram e se fez silêncio. A teoria de adolescentes que acompanhava Milès se alinhou, sem dizer palavra, ao longo dos austeros muros de pedra. E ele permaneceu sozinho, ao centro da abóbada, inundado pelo sol que escorria em seus cabelos. Bem ao seu lado, sobre uma tábua de porfírio, colocaram uma lira, a lira dos tempos de Homero, estendida sobre dois chifres de touro, entre triângulos de cobre, e apoiada a um casco de tartaruga. Estavam também preparados o espelho, os címbalos, e, sob os pés de Milès, sob seus pés nus, as pétalas que cobriam a terra agonizando em perfumes.

Então o sumo sacerdote, vendo que o momento chegara, desenrolou um papiro muito antigo até o cilindro de ferro, no qual estava preso, cair sobre as lájeas de pedra. Ele se ergueu, parecendo ainda mais velho, mas sua cabeça tinha aquela nobreza imponente que lembra os mármores de Fídias. Em seguida, leu a Milès o nascimento, a vida e a morte de Adônis. Na passagem em que se narra que o deus abrira os lábios pela primeira vez, o velho disse a Milès:

— Canta!

Milès tomou a lira. Os dedos leves titubearam um pouco no início, tais quais certas aves que estremecem as asas antes de alçar voo. Depois percorreram, ousados e confiantes, relando nas cordas sonoras, ao passo que o efebo, de cabeça inclinada para trás, suavemente caída como um feixe, acompanhava versos de Ésquilo com uma música em rendas... O silêncio pairou novamente, após a primeira nota ter vibrado como a queda de uma última gota de água.

A leitura continuou. Quando o sumo sacerdote lembrou o sono de Adônis, o beijo secreto das ninfas e o gesto pelo qual o deus virgem rechaçou as ninfas, ordenaram a Milès:

— Dança!

Ele pegou os címbalos, dominou-os em seus palmos, aguardou o prelúdio das harpas... Os juízes, surpresos com o canto de Milès, contavam ansiosamente com a harmonia do gesto. Por que ele não dava início à melodia? Mas o adolescente parecia concentrar em sua memória as atitudes imóveis das estátuas. Em seguida, num golpe breve, os címbalos percutiram, ácidos. Então, a princípio lentamente, Milès, animado pelo embalo lascivo do ritmo, inclinando o busto para a frente e para trás, deslizando com os pés alados, dançou e, a cada giro, lançava um chamado misterioso; seus braços brancos, ao redor dos quais esvoaçava a fina túnica de ouro, enquadravam a cabeça maravilhosa em que vertigens fremiam. E, às vezes, pequenas flores semeadas sobre as lájeas de pedra, erguidas nos turbilhões da dança que se tornara dionisíaca, davam a impressão de que queriam se elevar até os lábios de Milès.

Quando, fremindo [esgotado], ele parou, os adolescentes que o julgavam e aqueles que o viam emitiram os mesmos gritos de admiração. Apenas o sumo sacerdote não manifestou por meio de palavra alguma sua alegria ou seu prazer, pois seu dever o ligava ao silêncio.

No momento em que o tumulto se aquietou, ele retomou a Leitura sagrada. Magnificou, então, toda a tristeza da lenda imortal. Descreveu o abandono de Vênus e a cólera de Zeus, a agonia e a morte de Adônis, do Adônis que permanecia tão belo apesar da imobilidade fúnebre, rival de Eros por quem Febe detivera sua corrida no céu para admirar. Depois, sua voz que chorava voltou a ficar branca e orgulhosa; ela celebrava a ressurreição dentre os mortos. A voz que dissera a Milès "Canta!", que dissera "Dança!", se suavizou para ordenar a ele: "Mostre-se!".

Era o minuto supremo. Aquele em que se é definitivamente admitido no templo, aquele em que se é expulso. Porque tudo começa com a beleza, tudo acaba com a beleza. [Apenas a beleza física constitui um indicador, pois é *sempre* o reflexo da beleza moral.]

E iam julgar Milès.

Ele olhou, sem vergonha, para os assistentes. Com um gesto infantil e encantador, da ponta de seus dedos rosados tirou uma violeta caída sobre o ombro, levantou os olhos para o céu como quem pede a ele sua proteção e a vestimenta de sua luz. Depois, desafivelou sua túnica, cujo tecido sedoso caiu no chão, palpitando ao redor dele tal qual uma falena. E assim permaneceu, numa pose quase semelhante àquela do deus, ao passo que os raios de ouro polvilhavam de luz quente a nacarada armadura de sua carne. Prolongamento afusado de seus calcanhares estreitos, as pernas musculosas, adelgadas no joelho, sustentavam como duas colunas de alabastro o torso flexível, o ventre plano e levemente oco onde se afirmava a precoce virilidade de Milès. A cabeça parecia a mais bela flor desabrochada sobre o colo daquela ânfora humana com asas formadas pelos dois braços já robustos do adolescente. Diante desse esplendor e dessa imobilidade, ninguém levantara a voz, como quem está diante de uma obra-prima. Milès tinha cantado, dançado e se mostrava em sua nudez gloriosa...

Entretanto, um jovem rapaz, que não cessara de olhar para ele com olhos estranhos, e brilhantes de desejo, ousou quebrar o encanto. Foi até Milès, ajoelhou-se e beijou seus joelhos, chamando-o de "Basileu!", ou seja, "Soberano!". E Milès, baixando os olhos na direção dele, sorriu para seu triunfo...

CAPÍTULO

VI

O DEVER DELES ERA REZAR, PROTEGER; ERA TAMBÉM NECESSÁRIO QUE CONSOLASSEM. AS PRECES, OS APOIOS E AS CONSOLAÇÕES RESIDIAM EM SUA PRÓPRIA BELEZA. QUANDO PROSTERNADOS NAS LÁJEAS DE MÁRMORE E PERANTE ídolos de bronze, eles suplicavam a Adônis, cobrindo a pedra fria de beijos tórridos para que o deus concedesse felicidade à terra; quando recolhiam os escravos, os cativos, os velhos e o mudo sofrimento dos bichos; quando iam perto dos doentes ou quando inumavam os mortos, a presença, a juventude e o esplendor deles pareciam uma perpétua oferenda. Diante desses adolescentes, esquecia-se o meigo hábito de viver. Dentre eles, aquele que passasse evocava o que se deveria ter sido. E se pensava nos heróis das lendas pelos quais Zeus se apaixonara.

Essa nova vida não havia desorientado Milès. Quem o visse exercendo-se nas litanias, queimando as varetas hieráticas, diria que fazer dele um sacerdote fora seu destino de outrora. Às vezes, no luar úmido, enquanto, sobre os brancos terraços imóveis, os companheiros de Milès, em vestes de prata, pareciam estar vestidos de orvalho, ele mandava os escravos cantarem ao som da harpa. E melodias que ninguém jamais ouvira começavam a chorar devagar. As vozes desfiavam seus arpejos puros, de geada e líquidos, tal qual o murmúrio de uma fonte. E à medida que o mar defronte, todo nu e lantejoulado de nácar lunar, lambia os rochedos, parecia até que eram as ondas que cantavam diante do silêncio da terra!

Milès escutava os primeiros versetos daqueles estranhos poemas. Depois, ao mesmo tempo brusca e lentamente, ele se levantava do tapete morno em que há pouco jazia seu corpo flexível. Ele colhia ao acaso uma echarpe e flores, um triângulo de bronze ou guizos de prata e, fazendo ressoar os anéis em seus tornozelos, entrechocando seus braceletes, ritmava sabe-se lá qual dança extasiada ao ritmo da melopeia dos escravos.

Sua cabeça, de início inclinada em direção ao chão, como se seguisse o decolar dos pés ágeis com o olhar, reerguia-se pouco a pouco na medida em que a dança se acentuava. Suas pupilas reviradas à beira de pálpebras pesadas luziam, contudo, como os limões de ouro luzem por trás das folhas negras. Quase nenhum gesto dos braços acompanhava aquela sequência de vertigens. Apenas os breves fulgores dos címbalos, o soluço sonoro do bronze ou os guizos fantásticos ressaltavam o encontro das mãos num chamado vibrante. E cada vez que Milès levava seus olhares para o chão, cada vez que, deslizando, lépido, via seus jovens companheiros admirarem o impressionante improviso de sua graciosidade, aquele mesmo adolescente o hipnotizava, igual ao dia do triunfo, quando lhe beijara os joelhos chamando-o "Basileu"!

Aquele se tornara seu primeiro amigo. Uma afinidade secreta os uniu em seguida. Nos primórdios, quando Milès permanecia sonhador e quase triste, pensando em Biblos, na casa do amo, nos carinhos de Elul, no sorriso distraído de Lidda, Enacrios falava com ele, interrogava-o, acalmava suas lembranças por meio de belas esperanças. Sem se dar conta da febre que sublevava sua beleza, Milès, ignorante no amor, ignorante de si mesmo, retribuía em afeto o que Enacrios lhe oferecia na mais obscura e na mais humilde paixão. No entanto, Enacrios jamais revelou seu êxtase interior. Vivia perto de seu amigo como um escravo ao lado do Todo-Poderoso. Sua maior alegria era ver Milès feliz. E quando Milès, surpreso, recebia dele flores ou tecidos leves, um sorriso recompensava Enacrios mais que todas as palavras do mundo. O amor nada pede quando ama, e pede tudo quando é amado.

Todavia chegara o fim do outono. Sob um céu baixo, as nuvens se amontoavam sem parar e as chuvas começavam. O sol não se mostrava mais, a não ser raramente, quando de algumas calmarias, e então se podia ver ao longe, perfilando-se sobre uma clareira de azul, as cimas nevadas das montanhas. Retiraram-se dos pórticos os véus de púrpura e as guirlandas, já lamentavelmente rasgadas pelo vento. À vida nos terraços, na felicidade inerte das noites quentes, sucedia a monotonia das horas durante as quais Milès, enclausurado, pensava nas coisas de outrora.

Seu terno e triste amigo o espiava; agora ele ousara falar-lhe sobre as coisas que faziam dele um exilado no templo. E Milès contava sua vida para ele, recomeçava, na meada das lembranças, a longa estrada percorrida até chegar ali, descrevendo as colinas e as planícies, os rochedos e as areias, as árvores e as flores, as árvores mais altas e as flores mais belas na medida em que se aproximava do vale de Laodiceia. Com a distância e o recuo dos anos, o menino esquecia o fado de abandono em que sua mãe o deixara, e o que a casa natal tinha de indiferente. Ele chegava adiantando lendas misteriosas até o limiar de Lidda, da Lidda que mantinha seus ares de irmã mais velha.

Oh!... Aquelas histórias contadas em voz baixa... Agachados diante dos fogaréus em que pequenas chamas azuis dançavam, ambos chegariam a discernir no fogo enigmático as paisagens ao longe. Pois o órfão Enacrios não tinha pátria, fora raptado jovem demais para ser escravizado; sua terra era aquela com a qual Milès sonhava.

— Quem nos conhece e quem nos ama aqui? Serão necessários anos e anos... Então, quando eu retornar a Biblos, não serei mais capaz de beijá-los. Seus rostos já não serão mais semelhantes e se parecerão com paisagens esquecidas. Oh! Se você quisesse, poderíamos muito bem fugir daqui!

Num primeiro instante, a palavra "fugir" espantava Enacrios. Com sua mente tímida, fremente de paixão, tanto para com outros quanto para consigo mesmo, ele não tinha, e jamais teria, força de vontade o suficiente. Era preciso que alguém a desse para ele. Milès então compreendeu a soberania que exercia sobre Enacrios. Toda noite, agora, ele lhe falava da grande noite, da única noite de suas vidas na qual, ao escapar do claustro, reencontrariam suas mães...

As estrelas vibravam na noite, semelhantes a flechas frias plantadas no coração do céu. Os adolescentes erguiam seus olhos para elas. Posteriormente, seria com a ajuda de seus clarões que descobririam o caminho...

CAPÍTULO

VII

ENTRE AS QUE TRAZIAM OFERENDAS, HAVIA UMA PEQUENA ESCRAVA FEIA E ESTROPIADA, MAS QUE ESTAVA SEMPRE RINDO. VINHA DE CÓCORAS COM UM CESTO DE LARANJAS, CIDRAS OU PÊSSEGOS ESTRAGADOS sobre a cabeça encrespada. Ao subir as escadas, seu braço doente balançava afobadamente e, do cesto, posicionado de lado, uma ou outra bola amarelada rolava para debaixo das escadas. Mas a menina não parecia preocupada com tantos sofrimentos. Quando era vista no terraço, vacilante, amedrontada, tamanha alegria iluminava sua pobre face ingrata que quase se chegava a sentir pena dela. Contudo, fora mal recebida nas primeiras vezes. Inclusive o vigia do templo a proibia de entrar. Inspecionaram suas mercadorias. Valeriam aqueles caroços mal cobertos um figo de Siracusa? Será que ela achava que os deuses eram cegos a ponto de levar para Adônis uma cesta que nem os cães de Pluto quereriam? E zombavam dela.

Ela olhava para eles com tanta surpresa, tanta inocência, e fez um gesto simples, dizendo-lhes:

— Dou ao deus o que tenho de mais belo para, um dia, eu não ser mais enferma.

E eles sentiram pena. Ela passou.

Agora, ela vinha a cada dia correspondente ao sabá dos judeus. O conteúdo do cesto variava conforme as estações, mas sempre tão miserável que parecia ter vindo do lugar mais miserável do mundo. E como a carregadora era feia (a não ser por seus olhos magníficos) e pobre, e como não falava com ninguém, permanecendo absorta em longas preces, havia manhãs em que vivalma se preocupava em pegar o que ela trazia.

Foi assim que Milès a notou desamparada, abandonada e quase chorando. Um vento acre soprava, batia nos rostos e nos braços nus dos mármores como polvos azuis. Na parte interna dos santuários, os sacerdotes se aqueciam à chama curta que ondeja sobre os braseiros em cinzas. A manca havia andado de porta em porta, levantando timidamente a tela que cobria os frutos, e embora estivesse rindo, uma risada resignada e triste, ninguém quis saber dela. Então Milès, tomado por infinita compaixão pela solitária, se aproximou dela e — milagre! — pela primeira vez alguém tão belo, tão jovem e tão puro respondia à sua saudação. Ela ficou tão confusa que partiu imediatamente, sem fazer as preces habituais; voltou a descer as escadas e só faltou cair, de tão rápido que ia. Não olhou para trás.

Mas, a partir daquele dia, ela não descansou enquanto não reencontrou Milès a cada peregrinação que ela cumprisse. Agora, ocorria que ela se recusava a entregar as frutas àqueles que antes acreditavam estar fazendo um favor ao aceitá-las. Ela precisava de Milès. Tão logo adivinhasse a chegada dele, parecia se esquecer de sua feiura e de sua enfermidade; ia alegre, quase leve.

E, como que tomada por um capricho repentino em sua miséria, a pobre pequena escrava cobria as polpas magras com belas folhas frescas para esconder a feiura de suas premissas...

Milès, sem saber o que a pobre menina escondia de devoção e de adoração muda, trocava com ela palavras nas quais voltavam sempre para as mesmas ideias, como numa salmodia... Apesar de tudo, ela devia ser muito feliz. Afinal, não era livre? Oh! Ele entendia muito bem que ela vivia na maior pobreza e na maior solidão, mas simplesmente poder ter a estrada à sua frente, longa, indo em direção ao infinito como um raio de sol, ou cheia de caprichos, ondulando através das rochas e dos arbustos, e que se perde no topo de uma montanha, em pleno céu! Não ver mais grades nem muros! Um dia, a pequena, com a timidez de certas mendigas que não ousam falar sobre as dores, disse a ele: "Quer dizer que você não tem a liberdade, ó Lecito?". Então, pela primeira vez diante dela, o adolescente sentiu seus olhos se encherem de lágrimas. Virou-se, escondendo os prantos indignos. Ela o compreendeu. O quê?! Essa vida de sacerdote que ela admirava com uma espécie de medo confuso, aquela estadia naquele templo, que, para ela, resplendia em belezas misteriosas, aquela existência sonhada não passava de uma reclusão...

Rompendo o meio silêncio semelhante à penumbra, quase perturbado com as modulações de uma lira longínqua, Milès, com palavras titubeantes, contou a ela seu suplício — sua prisão. Falou-lhe da nostalgia torturadora de seu coração, da angústia cotidiana, de como lá o clima era frio e feio, a tepidez de seu país natal, a voz de seu pai; contou-lhe das flores de sua casa, de sua vontade de fugir. Falou-lhe sobre Enacrios, Enacrios não tinha coragem. Era necessário alguém para ajudá-lo a partir, alguém para lhe indicar o horário das caravanas... Alguém para salvá-lo.

A enferma, com olhos graves, refletia. Tremores convulsionavam sua boca triste. Em sua pobre cabecinha sem muita inteligência, habituada a não conceber nada além de coisas elementares, ela se esforçava em perceber o buraco com a luz, a saída da gruta, a escada do teto. Em seguida, de repente febril, com as pupilas iluminadas, se levantou, sob risco de queda, se levantou até a orelha de Milès, agarrando-se em sua bela veste amarela, em sua nuca penujada, pois agora ela se atrevia. Murmurou algumas palavras para ele como um segredo. E, de súbito, o adolescente ficou tão contente, e também tão repleto de belas esperanças, que, encontrando o olhar molhado e terno da pequena, roçou a testa subjugada por seus lábios.

Ela quase desmaiou, sobretudo quando, com um gesto brusco, Milès a afastou...

Apoiada de pé a uma das colunas do recinto sagrado, Enacrios, rígido, pálido e frio como mármore; Enacrios os observava com os olhos fixos dos mortos.

Ele tinha visto o beijo dos dois.

CAPÍTULO

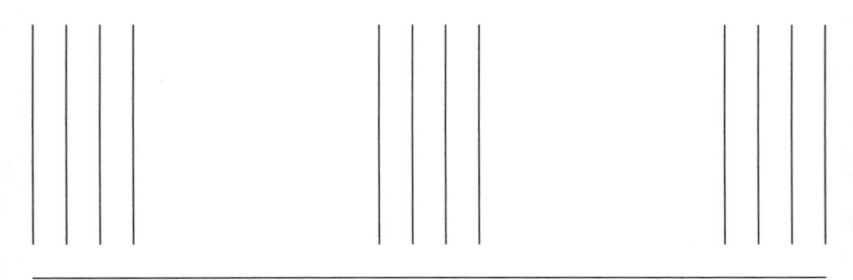

VIII

VEIO A NOITE; CAÍA SOBRE O CÉU SUAVEMENTE, COMO UMA PÁLPEBRA VAPOROSA. UMA ÚNICA FITA DE PÚRPURA, SEMELHANTE A UM RASGO BRUSCO QUALQUER, ILUMINAVA O HORIZONTE E FAZIA DELE UM FERIDO.

Na calma do crepúsculo, os barulhos da cidade subiam mais distintos, fragilizados. Sobre o mar ainda claro, o templo de Adônis-das-mãos-de-marfim destacava seus pórticos, agora escuros. E se os tripés dos terraços sucessivos não tivessem queimado seus bálsamos nas chamas verdes, seria possível acreditar que se chegava, simplesmente, ao fim de um belo dia.

Mas, de repente, soaram hinos, modulando as palavras de Calpurnius:

Os dez buracos da flauta soprando, esconsa,
Sabe-se lá que notas doces, tristes e sem foco,
Eles brincam com lábios, Lícidas e Mopsus...
Quando tremem, dos grandes álamos à sombra,
Tua dor enlanguesce, Eros, os alvos corpos;
Arrepia em febre o arco que a corda encontra!

Cantemos em sonho o amor, choremos baixinho...

Pois uma noite, o céu deixava sobre a terra
Deslizar, gesto de fogo, dourada manta.
Mopsus viu sombra esguia pela noite branda,
Aliena, estranha; onde deuses se encerram
Sorriem-se olhos de dois seres no encanto:
É Meroé, na dança das preces que reza...

Cantemos em sonho o amor, choremos baixinho...

Um pouco de vento gemeu, vindo das montanhas, e não se ouviram mais os lamentos da écloga; meio escondida por um arbusto de acácias, a mendiga escutava e observava o cortejo, que agora desfilava entre as colunatas repletas de clamores, de fogo e de fumaças. Era *Pervigilium Veneris*, a vigília em adoração de Vênus. Os mais belos entre os jovens sacerdotes deveriam aparecer diante da imagem da Afrodite, sorrir para ela e desprezá-la, recordando o mal e o bem que ela causou ao divino Adônis. Já precedidos pelos escravos e pelos hierodulos, os adolescentes escandiam seu meigo apelo erguendo os braços sedosos. Já os sacrificadores, os lictores e os magos, uns coroados com heras como Baco,[3] outros cobertos de carvalho como César, aureolados por um fio de ouro como Apolo, tinham ocupado os degraus de pedra em face da noite. A pequena se inquietava, apavorada e palpitante, pois *ela* sabia. *Ensinaram-lhe*, sem medo de que espalhasse o segredo em razão de seu inocente torpor; ensinaram-lhe que, para essa festa amorosa e fúnebre, na qual, desde tempos imemoriais, o herói moribundo revivia, transfigurado nos traços de um efebo do templo, Milès encarnaria Adônis. Por que, então, ele não se mostrava? Por que, voluptuoso e esgotado, ele não tinha galgado os degraus do catafalco encoberto de púrpura, em que ofereceria até o amanhecer, entre as flores e os loureiros, seu corpo grácil em sacrifício? Eles concordaram que ela, portanto, só poderia tê-lo ajudado a desaparecer...

Entretanto, a invocação prosseguia:

A criança curva do córrego fresco bebe,
Treme, lânguida, para se conhecer pede,
O beijo pipila sobre a boca noviça
Dá o espelho ingênuo que a dríade oferece
Aquele beijo, que é de dor e de delícia...

Cantemos em sonho o amor, choremos baixinho...

---

3   Fersen mistura nomenclaturas gregas e latinas referentes às divindades, bem como a outros termos. Vide, por exemplo, as palavras "hierodulo", pertencente ao universo grego antigo, e "lictor", pertencente à cultura romana, mencionadas próximas uma à outra no texto. Assim, o leitor encontrará na mesma narrativa o emprego dos nomes "Baco" e "Dionísio", "Palas Atena" e "Minerva", "Vênus" e "Afrodite", entre outros, usados indistintamente. Optamos por preservar esse uso caótico, tão típico de Fersen, preocupado, sobretudo, com a musicalidade do texto.

Eis que, de súbito, um grito estrondeou no templo. E a mendiga pôde ver as sombras amontoadas da procissão se precipitarem para dentro do santuário. Pálida, numa angústia de morte, a pequena sentiu uma espécie de vertigem. Mas, depois de um momento, enrijeceu-se ao escutar passos precipitados. Parecia alguém fugindo... Com um salto, escondeu-se atrás do arbusto delgado... Milès! Milès!

Na verdade, ele acabava de passar correndo, o semblante esplendoroso e convulsionado. Sua clâmide de franjas douradas se prendia nos espinheiros...

Milès! Milès!

As joias se chocavam com um barulho de guizos e de vozes humanas... A lua nascente iluminava tudo.

Milès!

E na medida em que ele ia desaparecendo, já longe, a pobrezinha, sem compreender, mas decidida, juntou as forças e a energia que lhe restavam; depois, como um cabrito selvagem, pulou para alcançá-lo.

Quanto tempo durou essa corrida desvairada sob a luz do luar? Em alguns momentos, ele caía; depois, se reerguia e retomava a fuga. De novo, uma queda; então ela o alcançava, num impulso desesperado e, como ele desmaiara, abraçou-o devagar para que recobrasse os sentidos, estancou o sangue que perlava sobre a testa úmida, suja de areia aqui e acolá. A menina o chamou pelo nome como se fosse uma irmã. Ela se lembrava vagamente do estupor dos mercenários às portas do templo, das ruas escuras percorridas, dos gritos de rebelião, da perseguição dos cães e, em seguida, dos saltos através dos campos, tendo diante de si, para lhe dar vida e alento, a sombra longínqua e transfigurada de Milès. Graças a Zeus, agora ele estava ali, ferido, porém vivo, sob sua proteção. Naquela noite, não viriam arrancá-lo de seus joelhos. E em seu cérebro obscuro, a mendiga, que não conhecia o amor, sentia borbotar, contudo, uma fonte impetuosa de ternura. Milès abriu os olhos de repente, olhou para ela e sorriu, reconheceu-a e chorou. Ela ainda não se atrevia a falar-lhe. Foi ele quem falou. Em voz baixa, como se temesse que as folhas o escutassem, balbuciou:

— Enacrios!...

Em seguida, seu corpo foi sacudido por um grande frêmito.

Lá embaixo, no silêncio verde da planura, um boi mugia. Milès disse mais uma vez:

— Enacrios!...

— Ah, bom!... — balbuciou a mendiga, mal conseguindo respirar.

O adolescente virou-se para ela com olhos de terror:

— Ele... ele se matou — rouquejou.

— Ele se matou?! — espantou-se a pequenina, também abatida.

Milès se calou. As flores selvagens exalavam um odor de anis ao redor deles. O entorno estava tão calmo que até se poderia acreditar na possibilidade de ouvir as estrelas tremerem.

— Então? — ela disse.

— Então, eu acho... — murmurou num esforço penoso. — Eu acho que ele nos viu quando nos beijamos, sabe?

— Beijamos!... Ah, sim! — disse, falhando-lhe a memória. — Mas que mal fizemos, então?...

As cigarras estridulavam, as falenas voejavam. Parecia que a terra cantava.

— Ele me amava! — continuou Milès. — Eu estava descendo do vestíbulo dos cnidos. Ele se levantou de repente, de frente para mim, com as chamas das tochas. Vi apenas sua boca crispada e sua faca de ferro. Ele gritou e seu grito ainda está aqui dentro de mim! No meu ouvido!

Eles foram interrompidos por um barulho ao longe. Milès e a mendiga se jogaram de bruços sobre a relva. Decorreu um minuto de angústia atroz, durante o qual acharam que *alguém* estivesse se aproximando e que *alguém* pudesse encontrá-los... Mas não; era como uma multidão que fluía ao longe... ao longe...

Então, recobrando a coragem, Milès se ergueu, desbravando a planície. Quase no lugar em que ela se confunde com o céu, uma longa fileira obscura serpenteava, formada, ao que parecia, por berços fincados em estacas... Aquilo balançou, passou e desapareceu.

... A caravana partira...

CAPÍTULO IX

EM CNIDO, NO LITORAL, DENTRO DA ESTALAGEM[4] ESFUMAÇADA ONDE, PELAS VIGAS DO TETO, PENDIAM PEIXES SECOS, CARNES ASSADAS NAS CINZAS E MORANGAS EM EPIDERMES DE SAPOS,

---

4   "Estalagem" ou "taberna". No original, lê-se *ostérium*, palavra inexistente em língua francesa e mesmo em latim. Fersen provavelmente criou o termo corrompendo o termo italiano *osteria* e acrescentando o sufixo *–ium*.

um dos beberrões já cambaleava, proclamando-se legionário. Milès e a mendiga entraram, depois de terem titubeado, apoiados um no outro para tomar coragem. Sem que ninguém os questionasse, chegaram até o fundo da sala onde o homem, um fenício, decantava o vinho dos odres.

— Você aí! O que você quer de mim? — disse o homem.

— Comer — respondeu Milès.

— Comer! — exclamou a outra.

— Para começo de conversa — acrescentou o taberneiro encarando os dois infelizes —, você vai me pagar com o quê?

Milès mostrou sua clâmide bordada e disse:

— Eu lhe darei este tecido em troca de comida. Você nos dará de comer até partirmos para Biblos. Em Biblos, meu pai é poderoso e rico... Você terá feito uma boa ação — suplicou, temendo uma recusa do mercador. — Estamos com tanta fome...

— Fome? E o que eu tenho a ver com isso? Se você não tem uma dracma, disponha-se a ser escravo.

Sob a injúria, Milès empalideceu, mas se conteve.

— É nisso que dá querer contar vantagem para a sua namorada — o homem soltou, com desprezo. — Aliás, sua namorada não é das mais bonitas, não, viu?... — caçoou. — Enfim!

E como ele tinha bom coração, apesar de tudo, e o tecido parecia ser valioso, embora sujo e rasgado, indicou-lhes um canto, em que os fardos de alfafa se empilhavam, bocejando:

— Sentem-se lá!

Os beberrões se interessaram pela conversa. Marinheiros da Sicília, austeros como sátrapas, vendedores de frutas e de água fresca, em sua maioria siriotas, reconhecíveis pela boina frígia afundada até as orelhas, gregos com os cabelos compridos demais, hibérnicos bronzeados como faraós, todos eles aventureiros ou mercenários, escravos ou libertos, agora se empurravam para melhor encarar Milès e a enferma.

— Mas, por Esopo! Aquele ali não é Milès, filho do seu antigo amo? — disse um dos convivas sacudindo, sem sucesso, uma enorme massa preta desabada sobre a mesa. — Tenho a impressão de tê-lo visto passar quando partiu de Biblos...

— Sim — afirmou um segundo vizinho —, ao que me parece, é mesmo Milès!

Ao ouvir esse nome pronunciado em voz alta, o homem embriagado, sem dúvida um negro egípcio que dormia, se ergueu e abriu os olhos, estupefato. A estatura alta, um pouco arqueada, e a musculatura de fera faziam os outros manterem o respeito por ele, mesmo nos momentos de embriaguez.

— O que foi que você disse, amalecita, a respeito de Milès? Milès é como um deus para mim, não quero que ninguém toque nele!

— Por Zeus! Então toque nele você mesmo, antes dos outros! É o que poderá lhe acontecer de melhor, pois aqui está ele. Está lá no fundo, emagrecido, macilento e mudado. Veja-o.

Perplexo, o gigante dava meias-voltas, esfregava as pálpebras, acreditava tratar-se de uma ilusão; de repente, pulou, jogando a banqueta para longe de si:

— Milès, meu pequeno amo! — rugiu com uma voz de trovão na estalagem em alvoroço.

Outro grito respondia ao dele:

— Séir! Séir!

E abraçaram-se, ainda atônitos.

— Meu pai?... Séir! Que fim levou Elul? E você, como veio parar aqui? Para vender óleo, não é mesmo?... Ah! Se você soubesse quanto sofri longe de Biblos! O templo onde me colocaram era uma prisão. Sempre só! Tristeza, saudades! Queria tanto regressar! Eu escapei... Daí — acrescentou Milès, que acabava de se confessar de uma só vez —, ela me acompanhou, Séir! Ela foi como uma irmã para mim! Percorremos a estrada, de Ataleia até aqui, a pé. Pensei que fosse encontrar neste lugar alguma barca subindo o rio para nos transportar para perto de Elul...

— Perto de Elul? — perguntou Séir com uma expressão de bêbado, mas ao mesmo tempo tão bizarra, tão triste e tão grotesca que, apesar da fome, Milès caiu na risada.

— Séir, você aproveita tanto as suas viagens! Tomando vinho novo, hein, Séir? Olha que vou contar para o meu pai.

Mas eis que, bruscamente, Séir soltou soluços profundos, dilacerantes, que impressionavam muito mais ainda naquele gigante.

— Minha pobre criança... Milès, meu fauninho!... Milès, meu reizinho!...

— O que foi? — interrogou Milès, ansioso.

Séir acalmou-se e, então, calou-se, olhou para o adolescente e disse:

— Você está preparado, amo?

O adolescente, sem dar resposta, o aguardava.

— Veja bem, Elul... Elul morreu! Sua mãe foi assassinada. A rival dela, Kittim, a assassinou. Sua casa está em ruínas... Veja, estou aqui. Não vou mais a Biblos... Quem matou sua mãe foi Kittim. Agora, lá não passa de um deserto!

Ao ouvir aquelas primeiras palavras, Milès caiu, como que inconsciente, fulminado. Quando abriu de novo os olhos, tal qual após um pesadelo, ouviam-se vociferações e lutas, e ele viu Séir ser acorrentado.

Perto do adolescente, o fenício gritava:

— Que ideia, essa, de fazer algo assim! Levem esse alexandrino desgraçado para longe de mim e, pelas Fúrias!, joguem-no no ergástulo até passar o porre.

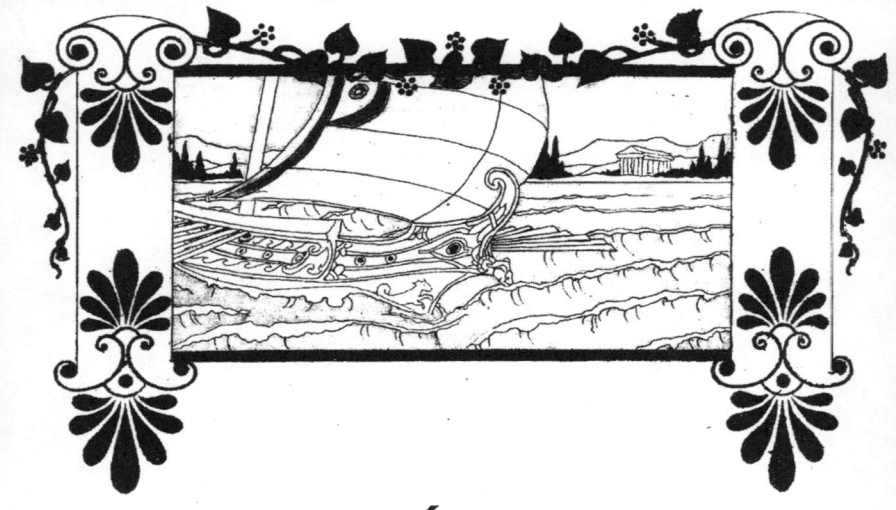

CAPÍTULO

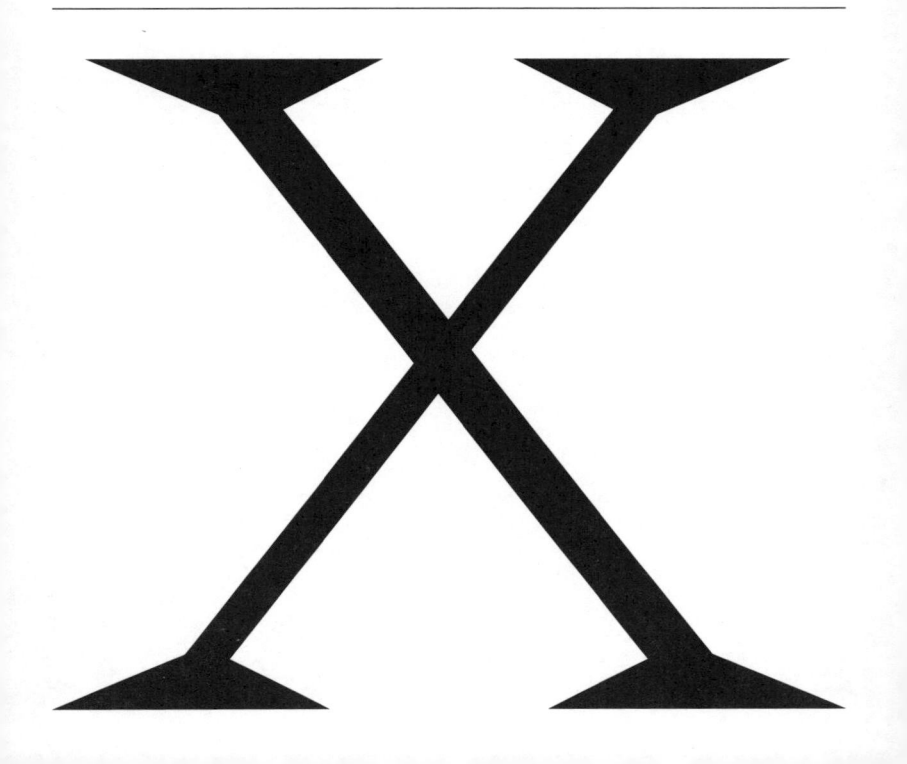

X

O CÉU RESPLANDECIA EM OURO O AZUL, TAL QUAL UM SEIXO DE FOGO CAINDO SOBRE UM LAGO DE ÁGUAS PROFUNDAS. NA PRAÇA EMPOEIRADA ONDE, CÁ E LÁ, UMA PALMEIRA ESGUIA SE AFUSAVA COMO UM JATO, enfiados nos raros cantos de sombra sob a guarda de libertos, gesticulando e gritando, criaturas aos montes, homens, mulheres, crianças, em sua maioria encolhidos sobre os calcanhares, à maneira persa, aguardavam com não sei que fixação muda de animal no olhar. Desse grupo, emanava uma humanidade imunda, miserável e fétida. O germânico de longos pelos ruivos ali se avizinhava com o cita magricela e com o etíope calcinado. Mulheres cartaginenses tagarelavam com desenvoltura tal qual galinhas, ao passo que, ao fim da praça, fisionomias até então desconhecidas, de pele amarela e brilhantes olhinhos puxados, excitavam os curiosos. Contava-se que tinham vindo de uma terra esquecida. Às vezes, um chamado, uma ordem, um golpe, um grito; em seguida, gemidos surdos e o silêncio. Às vezes, também, à dianteira de algum rico descido da liteira, em cumprimento a seu desejo, algumas daquelas vítimas apáticas eram levadas. Eram jogados no chão os pedaços de algodão ou de tela que cobriam sua nudez. Avaliava, examinava, regateava. Enfim, de quando em quando, no meio daqueles rostos de pobreza, de sofrimento e de vergonha, a juventude ou a beleza cintilava num sorriso. Era o mercado de escravos. Milès fora parar ali. As revelações de Séir se confirmaram. Agora, era órfão, pobre e abandonado. Dez ou doze vésperas depois do reencontro com Séir, a quem ele procurara em vão, com a alma em debandada, após ter vendido o último fio de ouro de sua túnica, após ter tentado de tudo, ele fora detido sob algum pretexto vago, separado da mendiga que o apertava com o braço teso e, depois, declarado escravo.

    Escravo! Preferia aquilo a retornar a Ataleia, já que Biblos não existia mais para ele. E, como que escondido dos olhares dos compradores, perdido na dor de seus sonhos, o adolescente, cuja beleza se tornara ainda mais bela pela tristeza, assemelhava-se àquelas estátuas indiferentes que ornam os palácios mutilados.

Como era a metade do dia e os terraços não tinham mais sombra, um cortejo saiu na praça como se estivesse dirigindo-se ao porto. Compunha-se de três liteiras de cortinas fechadas por causa do calor, e tocadores de lira se estreitavam ao lado dos escravos. As guirlandas de flores murchas, o esgotamento dos carregadores, a falta de verve dos músicos e os gestos desordenados que suspendiam as cortinas revelavam as orgias da véspera. Súbito, uma cabeça careca e barbuda, semelhante a um Sileno, emergiu do primeiro palanquim e comandou que parassem diante de uma porta emplumada com um galho de pinheiro.

— Pelo divino Tibério! — dizia o homem, muito ocupado, uma vez que precisava se manter em equilíbrio. — Não há de ser uma cratera de Chios que nos amedrontará! Não é mesmo, filósofo? — gritou, indo remexer em algo que se movia nas profundezas da segunda liteira. Um resmungo o fez recuar.

— Deus poderoso! Ele ronca! — gemia o sedento. — É mesmo um filho de Epicuro!

Por sorte, do último palanquim, uma voz jovem, fresca, com uma pontinha de sarcasmo, interrogou:

— Onde estamos, Scopas? — Certa mão encantadora, de dedos finos como o pescoço dos vasos de Tânagra, levantava os panos. — Pelos deuses! Eis-nos mais uma vez de frente para uma taverna! Parece até que estamos em Suburra ou em Proclinium. — Seguiu uma declaração de prazer: — O mercado de escravos!

E, num salto, a pequena ninfa se pôs de pé, ajustando prontamente seus colares desarrumados e deixando flutuar ao redor de si peplos leves como a fumaça.

Tinha a figura latina, uma pequena testa arqueada de cabelos loiros, magníficos olhos castanhos, um pouco oblíquos, o nariz fino, reto e todo vibrante; a boca carnuda que, para sorrir, se acerava; o queixo pontudo, espetado por uma covinha. Mas o que fascinava em Briséis era sobretudo sua cor dourada, uma pele cor de coral claro.

— Scopas, se o seu amigo Gratius Faliscus o visse bêbado assim, ele proporia Eco a você para versar a poção divina. Enquanto você estiver provando do néctar desse cabaré fedorento, onde nem sequer conseguiria impor respeito à sua irmã cortesã,[5] eu vou buscar para você Zeus, o improvável, entre as pulgas e o sol... Por falar nisso, é bom se apressar, se quiser aproveitar os ventos propícios.

— *Ad primum morsum si non potavero, mors sum;*
Gaudia sunt nobis maxima, quum bibo bis
Nona cherubinum...[6]

Um soluço interrompeu Scopas. Em seguida, com uma das mãos alisando a barba que o festim tornara questionável, e com a outra ajeitando sua túnica sobre as panturrilhas depiladas, sem dar resposta, ele entrou na taberna e repetiu com orgulho:

— *Nona cherubinum pingit potatio nasum;*
Si dicies bibero, cornua fronte gero![7]

---

5   O termo também significa, no contexto da Antiguidade, a mulher que, possuindo dotes artísticos e tendo sido educada, desempenhava um papel importante junto a homens pertencentes às camadas mais altas dos meios intelectuais e políticos na sociedade romana.

6   Em tradução livre: "Se eu não beber à primeira mordida, estou morto / Nossa alegria é enorme quando bebo, duas vezes, / À nona hora do querubim…".

7   Em tradução livre: "À nona hora do querubim, a bebida borra o nariz; / Se disseres que beberei, nascerão cornos em minha testa!".

Uma gargalhada pontuou o último verso. Com um lindo gesto, como para desafiar o bêbado, a pequena dançarina beijou um escravo. Depois, recobrando ao mesmo tempo a seriedade e o bom humor, começou sua inspeção. À medida que ela se aproximava dos libertos e dos mercadores, esses a importunavam com perguntas e elogios.

— Você, que é bela como Cípria,[8] precisaria daquela moça de Tarso para alisar seus cabelos...

— Não, pegue aquela etrusca para proteger sua soleira dos insolentes e dos maus pagadores...

— Aquele efebo de Esparta!

— Uma banhista de Áccio?

— Acuda-me, silêncio de Diógenes! — Briséis ria, mostrando seus dentes de loba, delicados, pontudos e frescos...

Foi assim que ela chegou quase diante de Milès. Mudo e impassível, Milès assistira a todas aquelas cenas. Mantinha sua expressão nostálgica e voluptuosa de abandonado.

Sem tê-lo visto, ela ia passar por ele e voltar à sua liteira, quando uma velha de seios para fora, que a observava com um olhar invejoso, soltou-lhe, sardônica:

— Pegue então esse aí para ser seu amante!

Ao ouvir esse grito, Milès elevou os olhos e seu olhar se encontrou com aquele da pequena romana, tão triste e suplicante que, imediatamente, a cortesã, de início pronta para dar respostas azedas, calou-se e sorriu de dó para ele.

De dó e de admiração; agora uma ideia louca passou por sua cabeça. Briséis se aproximou do lictor que vigiava os cativos, estabeleceu o preço para a cessão de Milès e, em seguida, veloz como uma libélula, dirigiu-se à estalagem de onde irrompiam pesadas e rouquenhas canções.

Ela saiu logo dali, arrastando igual a um pacote o velho Scopas, que perorava mais do que nunca:

— Não pude encontrar Zeus para você — zombava —, mas eis aqui Endimião!

---

8   Outra denominação de Afrodite/Vênus.

Scopas, bêbado como um áugure, queria a qualquer custo acordar seu companheiro filósofo, gritando-lhe que heróis o aguardavam...

— Não há necessidade de ninguém — replicou Briséis, apoiando-se para segurá-lo. — Olhe para esse pequeno e, se gostar dele, compre-o!

Por mais que o estômago de Scopas estivesse sendo o odre de Baco, ele teve forças e a ideia de examinar Milès através de um grande cristal que ergueu como uma lupa.

— Ele tem uma cara muito dominadora para um escravo...

— Mas é muito belo para um mortal.

— Assim seja! Efebo, você quer ir para Atenas? Se você se comprometer a me servir bem, juro pelos deuses!, erguerei um templo unicamente para você, pois sou arquiteto e minha má reputação é inabalável: sou Scopas, o Apoxiomeno!

Milès não respondeu.

Então, pelas instâncias da cortesã, que voltou a sorrir, o homem fez um sinal para o intendente, contou as dracmas de ouro para o escriba perplexo; depois, mostrando sua liteira para Milès, disse-lhe:

— Suba ali.

Uma vez feito isso, gritou para os carregadores:

— Vão à praia de Insueta, próxima ao farol, e deixem-nos lá, augustos, em frente da mais rica galera. Viva a loucura!... Sou Júlio César!

CAPÍTULO

XI

ATENAS JORRAVA CLARIDADE EM SUA VESTE DE PEDRA; FOI NUM DIA PARECIDO COM ESSE QUE NASCERAM OS DEUSES... DE PÉ SOBRE OS DEGRAUS DA ACRÓPOLE, SCOPAS, COM SUA FACE RUBICUNDA, RIA COM MILÈS, que se tornara seu liberto: e esse riso era um riso de amor. Ao redor deles, a vida feliz farfalhava. Os vendedores de figos e de alfarrobas, seminus, acocorados sobre as lájeas, em cantos de sombra azul, gritavam seus mostruários com voz aguda. Cambistas discutiam atrás de seus tonéis, cifrados em caracteres latinos ou persas. Empoleirado no alto de uma barraca, algum advogado sem causa angariava clientes, enquanto dois oradores caçoavam das contorções de um egípcio esguio, bailarino de Ísis. Muitos cochichavam ao verem passar o arquiteto, tão célebre por sua maestria quanto por suas maneiras amáveis e escandalosas. Acima de tudo isso, um sol de verão fustigava, reto, por meio de grandes flechas de ouro. O ar embalsamava com o aroma dos mirtos e dos oleandros que crescem no fundo dos barrancos queimados. Conforme a hora meridiana se aproximava, um chamado brutal de trombetas ribombou. Depois, um segundo de calmaria: ouviam-se as estridulações secas das cigarras.

Scopas acabava de sacrificar, no conselho das sibilas, um cordeiro negro e pombas em agradecimento a Palas. Ele proferia graças por ter concluído uma obra que acrescentaria ainda mais glória a Zeus: seu templo para Ganimedes. E agora, purificados conforme os ritos, eles desciam, sem ter certeza de para onde iriam, em direção aos murmúrios da ágora, o Apoxiomeno de cabeça branca, sustentado pelo efebo de cabeça morena, tal qual Píndaro fora conduzido até o túmulo por Teoxeno.

Afinal, tendo chegado defronte ao propileu, Scopas, que até então estava em silêncio, propôs que fossem ver os afrescos de Ictinos.

Ao consentimento do garoto, o artista se sentiu feliz repentinamente. Pois se o Olimpo lhe fora favorável e o protegia, se lhe viera o renome depois de ele ter construído um palácio em Siracusa para o tetrarca que o cobrira de ouro, coroava-se o fim de uma vida laboriosa com uma obra-prima. Assim, o povo ateniense consagrara o novo edifício, dedicado à Juventude, dentro do qual Ictinos ainda pintava. A esse troféu, a essa flor surgida do mármore, Scopas acrescentava a mais bela das flores humanas: Milès. E nada é tão doce quanto unir a glória aos beijos...

Eles se dirigiram até os rostros do Erecteion, onde se encontravam escravos para carregar as liteiras. Justamente, diante deles, no horizonte claro e crepitante de azul, a colunada intrépida do Templo projetava sua renda afusada, a qual Scopas havia bordado com seus sonhos. As linhas puras do monumento, construído do lado de fora da cidade, no flanco da colina sagrada, destacavam-se entre as árvores, no céu vaporoso. Após terem encontrado os carregadores, eles subiram e se deitaram sobre os travesseiros largos, zombados pelos discípulos de Diógenes, furioso de austeridade. Junto a Scopas, Milès ocupou seu lugar. Envolto em véus leves, entre os linhos de sua clâmide, ele não mostrou mais de uma cabeça encantadora, ao redor da qual brilhava uma rede de prata semelhante a algum fiapo de luz. E os olhos de contornos acinzentados luziam em tudo aquilo; olhos azuis trocistas, melancólicos e pálidos, pálidos como água gelada.

A despeito dos guardas, alguns curiosos haviam se aproximado para admirar a beleza do favorito, já célebre. Por causa de sua pele transparente, sob a qual o sangue fluía como debaixo de vidro embaçado e quase opalescente, era chamado "o pequeno deus de prata". E rezava a lenda, porque já existia uma lenda sobre esse menino de quinze anos, que Milès, vindo de Biblos no ano passado, de Biblos onde diziam que ele era filho de um rei, fora vendido por uma quantia fabulosa a Apoxiomeno bêbado, e que Dionísio de Corinto lhe oferecera dois mil talentos por seu primeiro beijo. Também se alegava que, apesar de sua enorme beleza, ele jamais soubera se manter fiel ao amor de seus amantes, e que Scopas, enciumado, sofria com isso. Além do que, já há muito, ninguém havia visto Milès, a quem o velho artista mantinha praticamente em cativeiro em seu palácio. E talvez, por causa dessa solidão, o adolescente parecia mais absorto e mais desmotivado...

Da liteira de madeira valiosa, Milès parecia um estranho a si mesmo desde que deixara sua alma no país oriental de onde viera. Sob os olhares, no meio do populacho observador, nenhum músculo de seu rosto magro estremecia. Tinha-se a impressão de que ele acolhia, com o silêncio enigmático dos ídolos, os murmúrios confusos, as homenagens obscuras que se elevavam ao seu redor, tais quais à noite, retas, sobem as fumaças...

E tão somente as palpitações das pálpebras jogavam um pouco de vida naquelas pupilas em exílio.

Agora, o cortejo se alvoroçava. De outro ponto, próximo ao Estádio, partia o brilho ácido e estridente dos címbalos, sinalizando outros sacrifícios e a chegada de outros adoradores. Os flautistas que precediam os desconhecidos sopravam em seus caniços os ritmos dedicados às cortesãs. Efetivamente, conforme os carregadores de Scopas chegavam à frente do propileu, na estrada do templo de Ganimedes, rumo ao qual o arquiteto se dirigia, eles cruzaram com Briséis, a dançarina de crótalos que Scopas abandonara desde que retornara de Cnido, onde ela havia encontrado Milès. Ela seguia o caminho deles e os ultrapassava; abrindo as cortinas, sem dizer uma palavra, lançava ao favorito um olhar protegido por uma involuntária admiração. Ela até fez um breve sinal para Milès que Scopas não percebeu. O velhote acreditou que o rapaz permanecia indiferente, pois nenhum arrepio agitou seu corpo delicado, e os olhos mantiveram a expressão distante.

Nada daquilo que passava e vivia, nada daquilo que passava e sorria, nada daquilo que passava e chorava seria capaz de arrancar Milès de seus devaneios? Nos únicos instantes em que o Apoxiomeno, enlevado pela dor e pelo amor, dizia-lhe sua beleza e colhia sobre sua boca fria, em carícias que o efebo nunca retribuía, a inspiração ofegante das obras-primas, unicamente naqueles instantes Milès palpitava num prazer solitário. Como que debruçado sobre um espelho invisível, sem se mover por medo de destruir sua imagem, o adolescente então cantava, com uma voz estranha, músicas de lá longe...

Mas, logo em seguida, retomava a calma das estátuas. Era o Rapaz e a Morte...

E, no entanto, como o dia parecia doce, propício à vida!

A luz dourava a poeira fumegante. Eles ultrapassaram os muros de Pausânias e chegaram ao jardim de Academos. Dali, mal se voltando para trás, Scopas descobriu a cidade variegada, como que transparente, de tão puro que era do ar e as sombras, límpidas. Do Partenon se arrastava, sobre os quatro vales, um suntuoso bordado de mármore no centro do qual, como o broche de um peplo, cinzelava-se o colosso de Atena Prômacos com sua lança de escarlate. As vinhas verdes, as amoreiras espinhosas, as oliveiras cinzas manchavam aqui e acolá as casas, demarcadas, em seguida, pelos campos loiros. Ao longe, o perfil azul dos últimos contrafortes de Himeto. Ainda mais ao longe, um lençol brilhante, semeado de nácar e prata: o mar.

Vozes atordoaram Scopas em sua contemplação. Ele escutou, olhou e reconheceu o velhote careca que, perto deles, falava. Entre os aloés e os loureiros, sentado sobre uma rocha, o filósofo Albas entretinha seus discípulos, e somente as abelhas continuavam a farfalhar as asas quando ele levantava a voz. Já encurvado pela idade, o orador mantinha o rosto sereno e cético que refletia suas doutrinas. Os complôs e as denúncias, por meio das quais queriam desorientá-lo, não pareciam ter atormentado minimamente seu repouso.

O arquiteto tinha tanto respeito por Albas que o saudou ao passar e, depois, interrompendo seu trajeto, fez os carregadores pararem e desceu, seguido por Milès.

— Que Zeus o proteja! — disse o Apoxiomeno ao filósofo. — E que ele lhe agracie com o pensamento, fonte de toda felicidade. A terra já é bela o bastante para você falar do céu!

— Então você acredita que a felicidade venha do pensamento — respondeu Albas. — Parece-me que é o pensamento que provém da felicidade.

Ele se calou, refletindo, e em seguida murmurou:

— Os destinos nos concedem a alegria ou a tristeza. A tristeza procria o sonho e a vã busca dos desejos. A alegria, ao contrário, nos dá consciência da vida. Veja quão linda é uma folha!

— Devemos procurar a felicidade e o amor... Se o amor fosse suprimido desta terra, nenhuma força mais teria subsistido. O próprio ódio desapareceria... Acredito que existem dois segredos para a felicidade: o primeiro é exigir muito de si e muito pouco dos outros... O segundo é... não falar sobre isso.

— Mas você não ensinou, ó Mestre, que a única virtude residia em sacrificar-se e esquecer-se de si mesmo? Não está aí a antítese do amor, esse egoísmo? E não haveria aí uma contradição?

— Que é própria dos filósofos — murmurou um dos discípulos à orelha do Apoxiomeno.

— De modo nenhum — assegurou Albas. — O amor é a felicidade de outrem reservada para si próprio. A fim de assegurar essa felicidade, muitos chegam até o holocausto de si mesmos. Por outro lado, o olvido de si permite que o próximo fique satisfeito. É por meio da comparação com você que ele se julga, e é por contradição que ele o ressente. Se a fortuna sorri para você, acolha-a com braços indiferentes. Ela é instável como o arco-íris.

— Que sofista! — alguém rezingou.

— Então você quer estabelecer — o arquiteto prosseguiu — que meu vizinho fundará o prazer dele por cima de minhas penas?

— Provavelmente — respondeu Albas. — Escute só. Nas últimas festas de Dionísio, testemunhei um incêndio que aconteceu no momento da corrida de carros. O fogo se declarou nos recintos dos jogos e, num instante, as arquibancadas foram encobertas pelo toldo ardente. Mil pessoas pereceram ali, sufocadas pelos vapores, calcinadas pelas chamas. Não se pôde fazer nada, pois era época de seca. E apenas as lamentações horríveis se elevaram aos céus. Eu estava lá, contemplando essa miséria humana. Ao lado, um estrangeiro vestido à moda tíria manifestava diminuto interesse pela catástrofe. Aproximei-me dele e disse: "Desejo de coração que você não conheça ninguém dentre os que ali estão morrendo". Ele me respondeu, em puríssimo dialeto ateniense: "Não conheço nem mesmo um deles, e isso não faz diferença para mim. Mas, se eu os conhecesse, que prazer seria!".

— Sua história é cínica! — Scopas gritou. — Mas é humana. O resto não tem importância. E já que você lê sutilmente as almas, e as cura de seus pesares interiores, diga-me o que devo fazer para alegrar este menino...

Ele mostrou Milès, que, sem se interessar pelo diálogo, avançara sobre um promontório de onde a cidade de Palas se descobria. Seu fino perfil agudo, de queixo voluntarioso, se destacava no céu vermelho, e os cabelos espessos, em cachos triangulares, conferiam a aparência de uma esfinge a esse perfil. Sem falar nada, Albas se dirigiu ao efebo e o fitou longamente, ao passo que Milès não lançava sequer um olhar ao filósofo. Quando muito, um titubeio desdenhoso errava por seus lábios.

O sol se punha sobre o mar, contornando o aspecto do liberto com uma auréola de ouro em que choviam pétalas de luz. Atrás de Milès, o engaste de um quadro único, a colunada elevada pelo Apoxiomeno, naquele crepúsculo, parecia divinizar o adolescente.

— Diga-me o que preciso fazer para alegrar este menino — repetiu o velhote, ansioso. — Estou sofrendo e o amo!...

— Ele é belo demais para sorrir para você — murmurou, enfim, Albas, melancólico. — E não era a Ganimedes que você deveria ter devotado suas pedrarias!...

CAPÍTULO

XII

ERA TARDE QUANDO ELES CHEGARAM PERTO DOS ESTALEIROS; AS AMADAS CORUJAS DE MINERVA JÁ ULULAVAM NA ESCURIDÃO. OS ESCRAVOS SE RECOLHIAM DO TRABALHO E, DEPOIS DA REFEIÇÃO NOTURNA, iam dormir quer nas cavernas das jazidas vizinhas, quer sob o belo astro, debaixo das urzes odoríferas, pois a estação era amena.

O barulho dos martelos cessara; as serras já não rangiam mais roendo os flancos do mármore. Apenas os carneiros de cabeça de bronze e as alavancas com polias de latão suspendiam no céu escuro seu cadafalso brutal. Scopas, aliás, não vinha senão por hábito e por amor paciente, a cada minuto, curioso para ver surgir qualquer pedra nova que fosse. Quanto a Milès, foi sua primeira visita, mas ninguém teria conseguido ler impressão alguma no fundo de seus belos olhos calmos.

Descendo da liteira, o arquiteto ordenou aos carregadores que esperassem por eles, pelo efebo e por ele, nas portas do bosque sagrado. Como a lua se levantava, enorme e amarela, atrás das montanhas, ele entrou no recinto das obras acompanhado apenas por Milès, e caminharam sob os loureiros em flor. Os ramos cinzelados se desprendiam por cima da abóbada imaterial da noite, escondendo, cheios de capricho, os planetas. Por vezes, um sopro de brisa passava, melancólico e morno. Os arbustos acariciados faziam um barulho de musseline ou de pérolas, evocando como que um murmúrio de corifeus. Scopas, sucessivamente inquieto e alegre, logo chegou até os primeiros pórticos. Milès o seguiu. Por um instante, o velho artista virou a cabeça, achando que a criança estivesse falando com ele. Era apenas o vento nas folhas.

Então, as palavras de Albas lhe voltaram à memória, e o Apoxiomeno suspirou.

No entanto, a colunada surgida das sombras asserenava os pensamentos. A alma, que tão poucos humanos compreenderam, palpitava nos mármores insensíveis. Que importava o amor dos mortais? Não tinha ele ali uma espécie de paternidade mil vezes mais nobre e mil vezes mais durável?

Quando apareceu, de modo imprevisto, à frente da casa de Plínio, o romano que vigiava os canteiros foi recebido com a diligência um pouco espantada que se deve a um mestre pelo qual ninguém esperava. As crateras de vinho foram trazidas e, com a proximidade da vindima, Scopas comeu a uva visguenta e fresca com Milès. Acabada a merenda, ele se levantou sob pretexto de uma inspeção que devia fazer e liberou Plínio e os escravos pelo resto do dia, satisfeito em poder mostrar, sozinho e pela primeira vez, sua obra a Milès, e também os afrescos de Ictinos. Assim que tivera a vaga certeza, tão logo chegara, o lugar pareceu apaziguado, adormecido. A serenidade da noite oriental envolvia tudo aquilo... De repente, Scopas parou, surpreso: um clarão tremia, rubro, ao lado da luz do luar. Ele se aproximou, advertindo Milès de que não fizesse nenhum barulho e abafasse o som de seus passos.

Sob a abóbada imensa, toda revestida de mármore escuro, diante dos muros nos quais já se desenrolava a pintura de uma parte da lenda imortal de Ganimedes, um homem por volta de seus trinta anos se apoiava, sentado sobre um cadafalso e esmagando cores.

As tochas que queimavam emanando o odor vegetal e amargo da resina iluminavam, com lampejos bruscos, seu rosto enérgico, cuja beleza se mantivera muito pura e muito jovem. Aquele homem era Ictinos, o célebre artista do Hipogeu. À sua frente, sobre uma alta estela, uma mulher de pé, com o corpo quase andrógino, posava com o rosto velado. Mas, quer porque a modelo não servisse mais ao pintor, quer porque o pintor estivesse momentaneamente absorto em outros preparativos, pareceu que ele se esquecera completamente dela, como se esquecia das horas.

Mais um passo e, com o ruído das sandálias sobre o umbral, Ictinos se voltou, saudando o arquiteto com um ar bastante incomodado.

— Você por aqui, a essa hora? — interrogou Scopas sem notar o raio que luzia nos olhos de seu pequeno liberto.

— Sim, mestre... Não fiz nada que prestasse durante

o dia. Tive de abandonar meus esboços — continuou, com uma raiva contida na voz. — Não encontrei ninguém que fosse tão belo a ponto de me inspirar de verdade.

— E pode-se encontrar rosto dos deuses no mundo? — Scopas respondeu, quase zombeteiro. — Então você pegou essa mulher?

— Para desenhar Afrodite, por quem Ganimedes se apaixona no banquete de Zeus. Veja, ela é bela e seu corpo magro não é muito diferente do de uma vestal.

— E o que você me diria deste modelo aqui? — o arquiteto insinuou com um sorriso. — Eu o trouxe até aqui para que ele visse seus talentos.

E, com a mão, puxou Milès para a luz total.

— Ah, mestre! Se eu o tivesse — Ictinos disse depois de um longo silêncio em observação —, meus afrescos viveriam, a menos que eu morra!... Que olhar maravilhoso!... Tudo o que esperava entregar, sem êxito, está concentrado nesses olhos: o desafio, o arrebatamento, a vitória e o êxtase... Ele é da Ásia — Ictinos prosseguiu. — Isso se reconhece pela tez, pelos cabelos...

— Milès vem de Biblos — Scopas murmurou, encantado em sua consciência interior com essa admiração contida.

— Que curioso destino! A mulher também visitou aquelas terras. Ela estava me falando disso agora mesmo, antes de vocês chegarem. É originária de lá, aliás. Gostou de desvelar o corpo, mas você acreditaria, Scopas, que ela jamais tirou o véu que lhe esconde o rosto enquanto posa?... Esse efebo é belo como a luz!... — concluiu.

— Respeite-o, por Eros! Caso contrário, eu o mando às Erínias — o arquiteto respondeu, muito contente. — Quanto à possibilidade de ele posar para você, pergunte você mesmo a ele. Você mesmo, eu insisto. O menino é versátil. Jamais entrega seus pensamentos.

Ele disse e, sorrindo, sussurrou algumas palavras a Milès. Então, o pequeno liberto, sem sequer esperar o pedido de Ictinos, sem que tampouco uma dobra de seu rosto manifestasse o mínimo temor ou o mínimo prazer, mandou a mulher descer da estela; em seguida, ocupou seu lugar e se despiu lentamente na penumbra dourada.

Mestre de si mesmo o bastante para esconder sua angústia, Ictinos esperava, olhando, deliciado, os brancos vestidos leves que caíam aos pés de Milès como asas lassas...

Quando não havia mais nada que o cobrisse além de um cinto de tela, o adolescente interrogou com os olhos o Apoxiomeno, que lhe sorria com amor sob sua barba branca. Ele hesitava, como que a contragosto... Mas, com o consentimento do velho arquiteto, desatou o tecido fino que lhe cingia o quadril e sua nudez radiosa apareceu.

A cabeça esplêndida de pureza, com a testa baixa, toda sombreada de cabelos cerrados, encaracolados sobre os olhos claros, destacava-se ainda mais nervosa e mais altiva sobre o pescoço veiúdo que a unia ao peito branco, ao torso arqueado. Uma pequena linha morena formava um colar, separando do corpo pálido o rosto e a nuca, com tons trigueiros por causa do sol. Os ombros um pouco estreitos, com a pele calandrada, indicavam a grandiosa juventude, bem como os braços desacostumados aos exercícios violentos, quase magros demais. Mas as ancas polidas, sombreadas pela puberdade sã, o sexo redondo e firme como um fruto, as coxas duras, as panturrilhas esbeltas anunciavam o macho que se despertaria naquele menino nos dias da força próxima.

Alucinado, Ictinos permanecia ali; se esqueceu de recolher seus pincéis, de preparar seus carvões.

— Ei! Ó Hipogeta, o que você está fazendo aí? — perguntou Scopas, que também permanecia impressionado com tamanha beleza.

— Eu? — balbuciou o jovem pintor...

Depois, de maneira febril, arrancado de uma vez de sua contemplação, ele tomou a palheta, esmagando, mascando, desenhando. Veio-lhe uma súbita facilidade em ter de interpretar a vida no lugar de um sonho. Pois era de fato o corpo robusto e juvenil que ele desejava, a aliança da força com a graça, a pose encantadora e abandonada que Milès, por si só, tomara.

Num instante, reconstituiu sua composição, lavou os painéis com grandes gestos raivosos e precipitados. Scopas observava-o brigar com sua inspiração. Aos poucos, o tema se transformava, a aparição surgida como um sonho se fixava no afresco em contornos, a princípio imprecisos, e mais alguns, infalíveis e magníficos. Só faltava a expressão ao rosto, o sorriso, aquele sorriso extasiado, sobre-humano que, na boca de Ganimedes, deve parecer desafiar a morte.

Ora, Ictinos, obcecado com o trabalho, espiava, contudo, aquele sorriso. Interrogou Milès, pedindo, implorando a ele que quisera posar de bom grado, que tivesse a bondade de sorrir. Esforço inútil. O efebo mantinha o ar melancólico, com as pupilas entristecidas. Ictinos acreditou, então, ser capaz de imaginá-lo, de transformar, por seus próprios meios, o rosto imóvel que refutava a alegria.

O Apoxiomeno, igualmente febril, despertou os escravos para mandá-los trazer novas luzes, frutas e vinho. Um jantar improvisado reunia o pintor, o arquiteto, o efebo e a mulher desconhecida que, agora, conversava com Milès, com voz suave e contida, num dialeto da Ásia...

....
....

Vinte vezes, levantando-se da mesa, Ictinos esboçou, para depois apagar, o sorriso imaterial. Seu braço pesava e sua visão perdia a nitidez.

Então, dando-se por vencido, desesperado, ele renunciou ao belo menino implacável, amaldiçoando a si mesmo.

As tochas acabavam de queimar, lançando os clarões

de sacrifícios sobre o proscênio do santuário. Enquanto Milès, enigmático, recolocava suas vestimentas, obedecendo a um aceno de Scopas, o arquiteto e Ictinos saíram para ver a noite...

Ao longe, Atenas luzia suavemente, aureolada pelo céu calmo onde as estrelas tremulavam. Por um luar assim, Dafnis[9] havia de ter chorado suaves lágrimas...

Tartamudo como Baco, alegre como Pã, Scopas respirava sonoramente...

— Pelos ínferos, como o tempo está ameno! — declarou... — Vejamos, ó Hipogeta, não precisa evocar as Fúrias! Um dia ele ainda vai acabar sorrindo para você, meu asiático... Beijos? Nós até recebemos, a contragosto dele... Veja só... Vocês que acreditam apenas nas mulheres, vocês me dão pena... Ora, catem, então, todos os prazeres... É na adorável embriaguez, com a testa coroada de flores suaves, que é gostoso procurar a felicidade. Assim você... Você o achou? E a sua modelo, a sua namorada, por acaso ela tem um grão-de-bico no nariz para que você a esconda dessa maneira?

— Mas quem disse que essa mulher é minha namorada? — Ictinos respondeu, irritado. — Quer saber quem é? Não torne isso público ainda. É a dançarina Briséis, simples assim. Você a conhece de renome? Desde que ela deixou você, só faz sacrifícios a Safo.

— Céus! E nós já a tínhamos encontrado quando chegamos. Foi ela quem me apresentou ao menino... Rápido, vou desmascará-la! Faz muito tempo que ela está posando?

— Há oito vigílias... Uma fantasia, ao que parece. De início, ela alegava me servir pelo próprio Ganimedes.

— Que praga! E por que ela não amarra um falo a si mesma?

— Ela adora desfazer os falos alheios.

---

9   Referência ao romance pastoral de Longus, *Dafnis e Cloé*, escrito por volta do século II ou III d.C.

— Como? Ainda por cima isso? Quantas vezes ela me rejeitou! Ora essa! Você bem poderia ter me prevenido. Onde está Milès? Não faço questão de ficar aqui... Onde está Milès? — Scopas repetia com a obstinação dos grandes homens e dos bêbados.

Mas apenas o silêncio lhe respondeu e a sombra pairou, mais densa, uma vez que as tochas queimaram. Então chamaram um escravo que, após um longo momento, surgiu de olhos inchados e segurando um lampião, como Anfitrião.

— Esse patife ainda vai me matar de emoção — ralhou o arquiteto. — Ele só pode estar caçoando de mim ou estar triste, ou então desapareceu; não há meio-termo... Aristófanes tem razão de zombar de nós!

Igualmente aflitos, eles atravessaram os pórticos e chegaram ao proscênio, perto do lugar onde o efebo posara ainda há pouco.

— Por Zeus, ele só sabe dormir! — o Apoxiomeno exclamou, asserenado.

Perceberam-no jazendo ao chão, de fato, com o braço dobrado sob a cabecinha. Sem dúvida derrotado pelo vinho e pelo cansaço, havia pegado no sono. Ictinos, entretanto, não pôde conter um grito de alegria e de triunfo. Milès, de olhos fechados pela bela mão dos sonhos, havia, ainda sem sorrir, perdido sua expressão melancólica, e seus lábios separados se assemelhavam aos gladíolos de Épiro quando o orvalho ali treme.

O artista, precipitando-se sobre os carvões e sobre os pincéis, quis registrar o abandono adorável. Mas, que lástima!, por causa do ruído que fizera, a criança reabriu os olhos e seu olhar estava carregado de uma ironia tão triste que Ictinos parou e pôde somente entrever sua obra-prima.

Lá ao longe, todavia, sob as pupilas amigas das estrelas, as pálpebras fechadas para melhor se lembrarem, com o perfume do último beijo sobre a boca, Briséis fugia, iniciadora solitária e exultante, e seus flancos continham o tesouro das virgens.

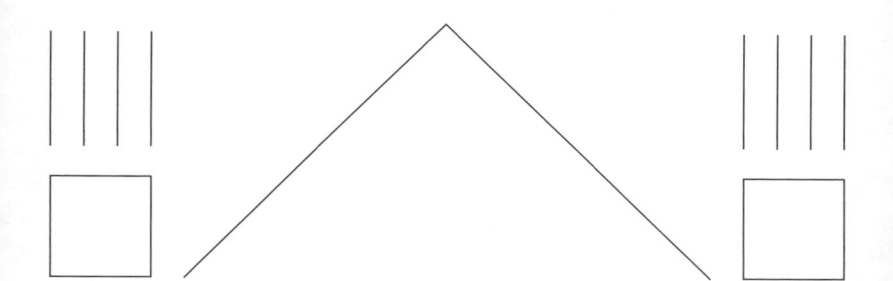

CAPÍTULO XIII

O DIA SEGUINTE FOI DE FESTIVIDADES E DE LIBAÇÕES. NA GRÉCIA INTEIRA, SOBRETUDO NOS ARREDORES DA COSTA ATENIENSE, AS VINDIMAS COMEÇAVAM COM PRIMÍCIAS OFERECIDAS A DIONÍSIO. AS CIDADES, AS CIDADELAS, os santuários, os oráculos eram preenchidos por uma multidão espalhafatosa e pululante de sacerdotes, de escravos, de histriões e de lutadores impacientes para celebrar as Bacanais. E foi, por todos os cantos da Terra Sagrada, fragrante do cheiro acre das pérgulas, um longo arrepio orgíaco no qual se tinha a sensação de ouvir o barulho do galope dos faunos no cio, do lamento das ninfas derrubadas, do riso de Pã, agudo como um pífano.

Ictinos, o Hipogeta, após uma noite transcorrida em sonhos nervosos, se dirigira de manhãzinha ao Templo, empenhando-se em evocar, nas paredes cobertas por esboços, a aparição da véspera. Não era aquela, aliás, uma alegoria viva do jovem rapaz de olhos fechados que recusava seu sorriso à vida? Parecido com Ganimedes, ele só consentia aproximar-se dos deuses depois de levantar voo, em sonho, até o céu. Apesar de sua tenacidade e de sua labuta, o artista não conseguiu encontrar aquilo, sei lá, idealmente terno e triste, que fizera os lábios do garoto desabrocharem. O dia decorreu em meio a buscas vãs, em rancores mal dissimulados, em esforços interrompidos pelo acre saltitar dos guizos báquicos e pela melancólica voz das flautas de caniço.

Quanto a Briséis, ela não voltara...

Chegou a noite com seu costumeiro frenesi do crepúsculo. Agora, pelos campos, as hordas desenfreadas dos escravos embriagados, dos hilotas embrutecidos pela bebida, descarregavam-se, de cabelos ao vento, de língua para fora e com gestos loucos, acotovelando-se no meio da poeira ou em cima do feno com fêmeas. Um casal havia cruzado a barreira e veio agarrar-se quase debaixo dos olhos de Ictinos. As folhas de loureiro se empurpuravam dos últimos raios de sol e a terra parecia, também, vermelha. O homem havia derrubado sua presa no chão e a tocaiava como se tocaia um bicho. Clarões vibravam no fundo de suas pupilas. A vítima urrava pedindo arrego... ou implorava por novas feridas. Mas ele se lançou por cima até que ela parecesse estar morta.

Depois, foi-se embora, ladino, arfando, esgotado. Nos tripés de bronze ao redor do templo vazio, defumavam os carvões ardentes, cobertos de mirra... Sobre os tripés, estava inscrito o nome de Eros...

[Enojado com o que acabara de ver, respirando os cheiros que subiam em direção ao Amor, Ictinos, o Hipogeta, pensou em Milès, o pequeno deus de prata...

Oh, sim! Diante daquela imunda brutalidade, daquelas necessidades animalescas, daquelas peles pilosas ou flácidas, daquela falta de ideal e de juventude — quão suntuosa, rara e perseguida! —, apareceu a outra Paixão, até então desdenhada por ele, tal qual um compromisso e tal qual um crime. As imagens esbeltas do Efebo e de efebos parecidos com ele dançaram na penumbra uma ciranda clara em volta de seu semblante triste, uma ciranda ambígua e acariciante, ritmada por um barulho de fonte ou de beijo! E ali estava a felicidade sem mistura, o presente sem futuro!

... Efêmeras como um belo sonho e caluniadas em demasia, aquelas crianças se inclinavam por cima das bocas dos jovens rapazes, que sofriam, ressequidas pelas mulheres. E, depois de terem dado o melhor de si mesmos, o que havia de mais puro em sua juventude, aquela eclosão de adolescência, de frescor e de asas de ouro, em troca de tão somente desejo e lágrimas, não mereceriam eles que seus caros corpos desprezados fossem cobertos de flores?

E Ictinos, fremente, compreendeu então em qual entusiasmo quase religioso, em quais loucuras místicas, em quais exaltações cerebrais aquele amor desembocava.]

De repente, um ruído fez Ictinos tiritar. Passos. Talvez fosse o guardião Plínio voltando da festa? Talvez intrusos, como há pouco? Mais passos... O Hipogeta já se preparava para sair, para ver, para expulsar, se necessário, os importunos (eles não viriam atormentá-lo com seus soluços de beberrões), quando percebeu uma forma velada, leve tal qual a das sacerdotisas de Diana, que se aproximava, titubeante, um pouco cabisbaixa...

Devia ser uma das dançarinas de Academos que, sem se revelar, queria provar do frescor da noite ou, ainda, alguma figurante dos cortejos orgíacos, vinda até ali a fim de colher flores para a coroa de um dia... Bonita, sem dúvida, com certeza maravilhosamente fina e esguia, conforme acusavam os tornozelos e os punhos rodeados por pesados anéis de ouro. Mas, oras! O que lhe importava a desconhecida, detida, por sinal, perto de um bosquete de jasmins? Porém, eis que a viajante retomava seu caminho, precisava seu rumo, ao mesmo tempo que outra forma branca aparecia; esta, o pintor reconheceu no mesmo instante: ninguém mais em Atenas tinha esse perfil, exceto Briséis.

"Por Mercúrio!", pensava Ictinos dissimulando-se melhor ainda por trás de uma das mesas de sacrifício. "Agora compreendo sua ausência: é a noite de Lesbos!"

A dançarina, contudo, rejeitara a echarpe que a velava e, conforme um raio de lua escorregava fragilmente do céu, correu, lépida, em direção à amiga. Ela a tomava em seus braços, cobrindo de beijos a musseline que separava seus lábios dos outros lábios, e aqueles dois fantasmas, quase aéreos em seu abraço, apareceram para o pintor como um jato de água imóvel... Em seguida, Briséis separou com dedos férvidos o tecido nacarado por detrás do qual tremia um rosto... Ela quase se inclinou, aspirando, em uma única e longa carícia, todos os eflúvios de seu desejo.

Quando se reergueu, muda, extasiada e com as pálpebras batentes, Ictinos tinha se desmascarado febrilmente; Ictinos não pôde conter um grito, grito de surpresa, de pavor e de raiva: pois ali, sobre o seio da cortesã, era Milès quem pulsava!

Ao som acre da voz, reconhecendo o pintor, Briséis partiu em fuga. O efebo, imaterial e triste, ficava ainda mais belo no recolhimento noturno; somente seus olhos profundos se fixavam no Hipogeta e, sob a lua fria, sua cabeça de cabeleira hierática evocava a face dos gênios eternamente jovens que, ao redor de Babilônia, velam perto dos túmulos...

O olhar do adolescente era tal que Ictinos, depois de dar alguns passos, caiu de joelhos naquele gesto que confessava, sem dizer uma palavra, seu amor e sua escravidão, assim como se desata um tecido repleto de flores aos pés do mestre...

Depois, como o silêncio os envolvia com sua asa terna, o moço se aprumou, foi em direção a Milès e tomou sua mão delicada para trazê-la ao seu coração.

— Será que você me perdoará?... Será que você me perdoará? — ele murmurou, finalmente... — Eu não imaginava que você estaria nos braços daquela mulher.

O efebo não respondia; então, Ictinos acrescentou:

— Você a ama, é isso?

Milès encobriu o Hipogeta com um olhar mais triste. Ele via, aparentemente, uma dor tão grande, uma angústia tão forte no rosto daquele inquisidor que, emudecido, balançou a cabeça.

— Oh, você só pode amá-la! Já na outra noite comecei a suspeitar... Por que não me disse?... Você só pode amá-la!

— Nunca amei ninguém — Milès enfim se pronunciou. — Briséis conheceu minha pátria. Ela me contava isso com uma voz doce, sobretudo durante os beijos. Ela me salvou da escravidão em Ataleia. Eis porque eu a escutava. Eis porque deixei Scopas. E depois ela me tratou como o Outro me trata. Ela me usa para seu próprio desejo. Minha alma está longe de tudo isso... Ela só se aproximou quando Briséis evocou Biblos. Daí eu me lembro e choro... É a única alegria de minha vida!

— Então você não está contente com Scopas? E, no entanto, o Apoxiomeno é rico... É bondoso... Você deveria sentir orgulho da genialidade dele... Por que enganá-lo? O que ele vai achar de sua fuga? Ele não satisfaz todos os seus caprichos?

— E alguma vez ele já me satisfez o capricho de ser livre e de ir embora? — o efebo continuou, suspirando. — E você! Não sabe que vivo aprisionado? As grades são de ouro maciço, as lágrimas se misturam às pérolas de meus colares... Mas o que eu não daria em troca pelos andrajos de um pastor que canta, apenas para si, seu hino, à noite, sozinho!

— Ainda assim, você não sente a ternura ao redor de você?

— Tenho horror a ela! Sim — Milès repetiu exaltando-se aos poucos —, tenho horror a ela, a essa ternura, pois aqueles que vivem ao meu redor, em troca de minha juventude, só me dão o vício, o desgosto, a amargura de seus corações, seu egoísmo. Se eu contasse para você meu passado, se eu dissesse tudo aquilo, tudo aquilo... Talvez você compreendesse a revolta dentro de mim. Mas temos necessidade de acreditar, de ser alegres, febris e entusiasmados, nós, que ainda não temos vinte anos! Ouça: quando Scopas me levou como uma pilhagem para longe de meu céu e de minha pátria, alguns, tocados, me falaram da civilização esplêndida de Atenas e quase se regozijaram ao me ver entre eles. Entre eles... Sim! Mas como escravo! Então, depois das humilhações, dos golpes, das negociações, acreditei estar a salvo quando Scopas me quis. Que desgraça! Suas carícias eram piores do que socos, assim como os beijos de Briséis são piores que correntes. É possível levantar a cabeça quando o ferro fere. Mas e quando o ouro abraça?

— Mas e se eu dissesse a você que estou ali, à sombra — o pintor murmurou —, e que basta um gesto de sua mão para eu me ajoelhar? Você não acreditaria em seu amigo?

— Não, Ictinos, pois vi a paixão que você não quer dizer luzindo em seus olhos, a confissão que você não me fez... Quem sabe um dia — ele acrescentou, sonhador — você, decepcionado com sua esperança, não vai até Scopas para lhe falar sobre aquilo que presenciou entre mim e Briséis?

— Eu sabia que você não me amava! — o pintor exclamou. — E ignorava que você me despreza a ponto de supor uma coisa dessas a meu respeito. Mas — ele murmurou, desencorajado — a quem você reserva, então, o tesouro de seu coração juvenil, de sua boca pontiaguda e glacial? Você nunca evocou o Elohim, cujo abraço encontra em você somente uma sombra? Não é hoje à noite que Dionísio coroa o véu dos amantes? E você não encontrou, por todas as estradas azuis que cheiram a sal e a mar, o cortejo das bacantes ou a tropa volúvel dos faunos, cínicos debaixo de suas guirlandas de hera?

— Não há ninguém nos caminhos, ninguém à luz do luar... — o efebo respondeu, e suas pupilas se velaram como um cristal sob a bruma... — Não há ninguém que passe ou venha até o silêncio de meu exílio. Mas que apareça aquele por quem espero ou que se desperte aquela em quem penso, e minha alma inteira tremerá na beirada de seus cílios!

CAPÍTULO

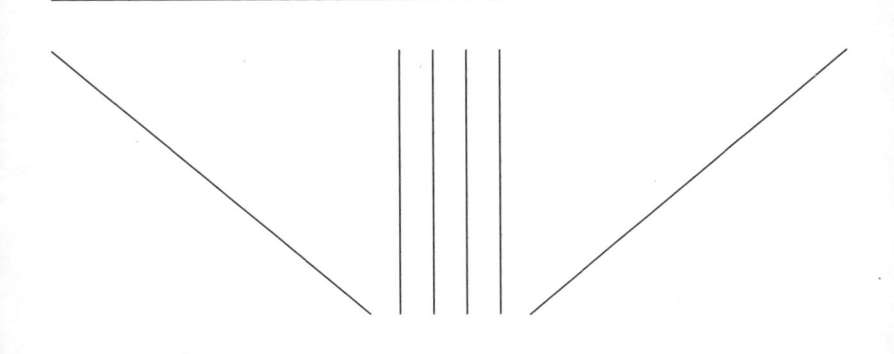

XIV

CHOVIA. O CÉU EM CINZAS SE ASSEMELHAVA ÀQUELAS CARPIDEIRAS PROSTERNADAS PERANTE O FUNERAL... A MORDIDELA TRISTE, CONTÍNUA E SUAVE DA ÁGUA SOBRE AS LÁJEAS DE PEDRA E SOBRE A TERRA acalentava, naquele meio-dia, os vales pedregosos e as colinas perfumadas, lavando-os da carícia fecunda do sol.

No átrio da casa de Scopas, perto dos altares dos deuses, onde a fonte murmurava, Milès, deitado sobre as almofadas que as filhas de Psappha bordam em Mitilene, olhava para si mesmo, malemolente, num espelho de cobre. Depois de abandonar o espelho que pesava, o adolescente brincou com flores; divertia-se respirando o cheiro ainda espalhado na ponta dos dedos. Contra ele, a seus pés, observando-o da ampla esmaltaria de seus olhos brancos, um pequeno escravo sírio tocava uma melodia de sua terra em uma harpa de três cordas.

Sobre um leito de descanso, à frente, mas quase cercado por sombras, o velho Apoxiomeno observava o grupo encantador. Scopas, a propósito, não tinha mais preservado seu ar contente de outrora. Muito abalado com a fuga de Milès, quando o efebo fora embora, já havia dois meses, bem no dia das vindimas, ele nunca se esquecera das razões para aquele êxodo, apesar de seu perdão. Ele caiu demasiado alto de suas ilusões para jogar um véu sobre o passado. Jamais Milès o amara para causar nele tanto desgosto. Ao mesmo tempo, consentia — a contragosto — que o adolescente visitasse Ictinos, temendo que o jovem artista destruísse completamente a alegria dele. Ele tinha se assegurado, em seguida, com toda franqueza. Depois de ter espiado as idas e vindas de seu favorito, só lhe restava invocar o mistério. Pois se de fato Milès se oferecera de algum modo a Briséis na primeira noite — e Scopas não estava a par disso —, nas outras vezes, o efebo regressara mais melancólico, mais silencioso do que nunca. Os esforços de Ictinos para alegrá-lo, para removê-lo de seu torpor, não foram bem-sucedidos. O belo adolescente continuava sendo modelo, mas já tinha a imaterialidade e a frieza dos mármores. Logo, o pintor viu-se reduzido a surpreender, em esboço vivo, dois ou três minutos felizes durante os quais Milès se asserenava. Os afrescos, quase terminados, agora iluminavam o templo com toda sua glória. Mas nem o amor nem o sorriso nasceram deles. E quando, por acaso, Scopas surgia de surpresa, encontrava Ictinos alucinado em sua obra, mas separado de Milès por aquela indiferença de rei em exílio. O efebo, por outro lado, pouquíssimo se lembrava das pinturas das quais ele servira de inspiração para o autor. Quando muito, duas ou três vezes, na presença de Scopas, ele lançara um olhar peculiar sobre aquele reflexo de si mesmo.

No átrio de Scopas, onde sussurrava a fonte, Milès olhava para si mesmo, malemolente, num espelho de cobre...

— Para onde vão seus pensamentos? — o velhote lhe perguntava agora, na medida em que o escravo cessava a canção... — Posso ouvi-los batendo asas...

— Devaneio... — o liberto respondeu, taciturno.

— Enigmas ou esfinges?... — Scopas continuava. — Ah! Milès, você não tem mais forças para mentir. Tudo nos separa, eu dei minha vida por você, minha paz, meu futuro, minha felicidade. Não fui eu quem o salvou de Cnido, ainda que eu estivesse bêbado? Você poderia ter continuado a ser escravo por toda sua vida. Pois é... Você, pelo contrário, tomou minha sina em seus lindos dedos gráceis e sempre me pego imaginando que um belo dia você quebrará meu coração como uma lamparina de argila... Cada hora que passa o ensombra; em seu despertar, você não tem a surpresa iluminada das crianças que se levantam. E se você só é embalado pela noite em sonhos de lamentos... O que eu poderia fazer? Não concedi a você a flor mais preciosa, e a mais perigosa, para a sua idade: a liberdade?

— "Liberdade", você disse? — Milès murmurou.

— Ingrato, igual àqueles pássaros que abrigamos quando passam fome e frio na tempestade... E que partem no primeiro raiar.

— Eles morrem longe do céu deles!... — o efebo replicou ferozmente. — Ah, Scopas! Você não é capaz de sentir o que me faz sofrer perto dos outros e perto de você? O que vejo quando fecho os olhos, o que, no fundo, chamo de silêncio, não seria o meu passado que você ignora, minha pátria dolorosa onde você não está, minha pátria distante e selvagem que o detesta, você e os seus, a pátria para a qual nunca mais pude regressar?... Aqui, aos poucos, dia após dia, minuto após minuto, no meio dos perfumes, das joias e das flores, dessas almofadas profundas, dessas vozes efeminadas, minha alma se entedia, se desintegra, e amanhã a lassidão chegará. Foi preciso que eu encontrasse um espelho para sentir prazer em contemplar minha agonia e a beleza que me torna infeliz... Você... Foi você... Foi você quem fez isso!

— Pobre criança!... — o Apoxiomeno replicou. — Se, por minha vez, parecido com os sacerdotes mudos que preservam os oráculos, eu descobrisse meus pesares no sudário deles, se eu dissesse a você que seus grandes olhos calmos me fizeram sofrer, se eu pusesse a nu essa minha alma de velhote, de onde a esperança da juventude foge, onde ainda vibram somente a emoção da arte e a busca de um sonho jamais realizado, você recuaria, Milès, misturando em sua voz os lamentos e o espanto. Até o dia em que você partiu, sem nunca ter acreditado em um amor impossível de sua parte, forjei para mim mesmo uma quimera dulcíssima que arranhava, mas protegia minha vida. Como foi bom para você, eu pensava: "Ele deve ser grato...". Louco eu de não perceber que você me detesta!... E quando olho para você, desejável e mais belo ainda em sua indiferença, quando sinto subirem em mim os gestos e os estertores do desejo, tenho a impressão de estar evocando a lenda de Prometeu, só que em vez dos abutres, é uma pomba que devora o coração...

Milès já não o escutava mais. Enquanto o Apoxiomeno falava, as nuvens que sombreavam a terra tinham fugido e, agora, em festa jovial e clara de luz, o sol escorregava por entre as folhas molhadas. O escravo retomou sua harpa alegre naquele mesmo instante, estridente como um grilo. As colunas brancas do átrio pareciam esculpidas no marfim róseo de um belo corpo e a sombra não existia mais, a não ser no canto fresco dos mármores. Milès, subitamente consolado, se levantou de seu leito profundo, jogou novamente sobre o ombro sedoso a clâmide pálida à maneira grega de ouro. Ele passeou devagar, tal qual um jovem lobo com os dentes afiados e a língua sã e, depois, a passos lentos e quase indecisos, se dirigiu à fonte ruidosa, cantante, com guizos argênteos...

"Tenho a impressão de estar evocando a lenda de Prometeu, só que em vez dos abutres, é uma pomba que devora o coração..."

Inclinado sobre a água fugidia, o efebo permaneceu em silêncio por um instante, atraído pela imagem esbelta que ali se desenhava. Uma violeta se desprendeu de seus cabelos, manchou o reflexo ingênuo... Então, na medida em que Scopas se dirigia a ele para surpreendê-lo, evitou a carícia, revoltoso, e, franzindo o líquido cristal com um sopro, extasiado consigo mesmo, Milès, de joelhos, perto do espelho, lá depôs um beijo.

Mas o vento que passava o apagou...

CAPÍTULO XV

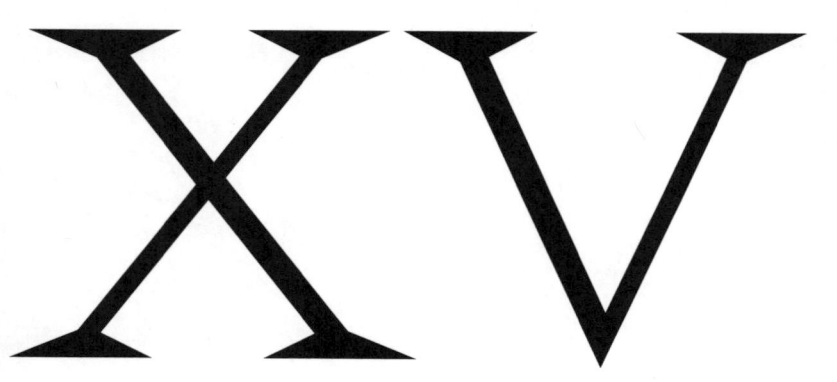

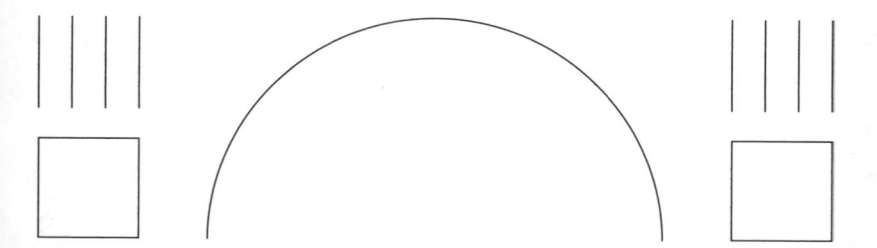

OS CARROS SE DESENCOVAVAM NA ARENA AO GALOPE SECO DOS CAVALOS, FAZENDO SUAS RODAGENS RANGEREM NAS CURVAS. UMA PARTE DA MULTIDÃO SE ERGUEU E, À LUZ PENEIRADA PELAS PÚRPURAS QUE FLUTUAVAM por cima das bancadas, na poeira levantada pelas corridas, as clâmides brancas, os peplos leves pareciam gaivotas a alçar voo.

De frente para a entrada do estádio, a ampla tribuna dos tiranos enquadrada pelos famosos discóbolos de Fídias estava vazia, ou quase. Apenas os enviados da Fenícia apareciam ali, com suas tiaras pontudas, cabelos calamistrados e narinas pinçadas por um círculo de ouro, tal qual se veem nos afrescos de Susã. Mas o interesse suscitado pelos inimigos lendários desapareceu com o início dos jogos. E as pessoas — gregos, latinos ou bárbaros, indistintamente — gesticulavam, gritavam, urravam muito antes de terminar o desfile dos carros que precedia à corrida.

Com um chamado de suas trombetas retas, os Anunciadores restabeleceram o silêncio. As quadrigas vinham alinhar-se, relinchando e tiritando diante da linha branca. Em cima de sua estela delgada de pórfiro, com o capacete coroado por serpentes e segurando o escudo e a lança afiada, Palas Atena protegia os destinos. E, à sua frente, queimavam perfumes saídos de vasos de bronze...

No entanto, sentado ao lado de Scopas, Milès, encantador e hierático, de peito nu, o pescoço elástico e a testa coroada de mirto, Milès reflexivo, com a delicada cabecinha repousando sobre a mão, olhava para tudo aquilo com o mesmo ar ausente. Estaria ele evocando, em suas visões interiores, sua partida de Biblos, onde diziam que era filho de um rei?... Estaria evocando o belo corpo de Briséis e o afresco heroico no qual ele mesmo, transfigurado, reinava como um semideus? Ou, pelo contrário, estaria recordando-se da imagem trêmula à beira da água, na qual tinha realmente voltado a ser ele próprio? Isso ninguém saberia responder, mesmo se as pupilas calmas, onde o céu do Oriente parecia dormir, tivessem sido interrogadas. Milès se dignava a ir ao estádio porque — assim ele afirmara, num de seus raros impulsos — os atletas lá iam para se matar. E, assim como para uma dessas festas de poesia, às quais Scopas amava levá-lo para escutar Sófocles e Anacreonte à lira, o efebo se ornou de tecidos cantantes e de gemas claras tal qual um ídolo...

Quanto ao velho artista, isolado no meio daqueles rumores e daquela multidão, ele olhava para o liberto com olhos adoradores. Estava tão perto que poderia ter flagrado o barulho do sangue jovem e tépido batendo nas artérias, e teria ouvido Milès sorrir. Seu coração desolado, no qual a velhice e a resignação já se fixavam, sofria, com o que lhe restava dos ardores de outrora, para compreender aquele impossível amor. Scopas tentou reagir, em vão. Ele sabia que a beleza com a qual os destinos coroaram sua vida não residia em coisas deliciosas ou efêmeras, como um olhar e um beijo, mas que seu nome viveria junto ao mármore duro. Todavia, o talento e o gênio nada são perante a juventude que passa! Por isso, dia após dia, em vez de curá-lo, aferroava-o a chaga em que, entre as irônicas tristezas e as ternuras reduzidas a cinzas, jaziam tantos fantasmas, todos eles parecidos com Milès.

"Você me recapturou como a um escravo. Nada mais me resta senão sua vontade e sua alegria. Minha fraqueza o contempla de joelhos..."

Ele estava pensando nessas palavras quando, ao término do desfile de carros e de atletas, um estalo, um tilintar sutil dos crótalos estourou, sustentado pelo lamento estridente dos tocadores de siringes. Envolta em gazes, miúda e perdida no meio dos lenços que flutuavam ao redor dela, à maneira de Mênfis, a cortesã Briséis apareceu, seguida por uma teoria de lestos adolescentes. Um murmúrio surpreso de admiração a precedeu, pois pela primeira vez ela havia substituído as moças por efebos. Ela então avançou, descalça sobre a areia, o torso elástico e flexionado, os braços erguidos, unidos como as alças de uma ânfora.

Em ritmos alternados, ela golpeava seus crótalos, fugia ou procurava um abraço; mas, a cada passo, dobrava a cabeça maravilhada, os olhos revirados em música.

Entre os rapazes, quase crianças ainda, logo se destacou um adolescente, como dentre os lírios um raio de sol. Via-se que Briséis o atraía para suas danças. E ele era tão parecido com Milès por seus olhos tristes e dominadores, por sua testa reta sob os cabelos em formato de capacete, por seu queixo agudo e triangular que, se o próprio Milès não estivesse lá, Scopas teria acreditado estar vendo Milès na arena do estádio. Aliás, todos aqueles que conheciam o favorito de Apoxiomeno clamavam pelo milagre. Apenas Milès permanecia em silêncio, considerando sua imagem que dançava, sem demonstrar ter sido atingido pela vingança de Briséis.

Porque Briséis se vingava. Desde a noite em que Ictinos havia flagrado ambos, a cortesã, perdidamente apaixonada, escrevera em vão ao efebo, sempre inventando novos ardis para abordá-lo. Quer por indiferença, quer por lassidão, Milès não lhe retribuíra e se contentava em ir a certas horas ao Templo, durante as quais, nu e desdenhoso, ficava observando Ictinos torná-lo imortal. De vê-lo assim, de aguentar suas afrontas, Briséis concebera um ódio ainda mais forte do que a violência de seu desejo. Buscou, imaginou e encontrou. E ela, lançando o reflexo vívido de seu antigo capricho sobre a areia do circo, encenava maravilhosamente a comédia terna e passageira que Milès desprezara.

Scopas, inquieto e temendo o despeito de seu favorito, sem ter a intenção de expô-lo a comparações reticentes, propôs ao efebo que fossem embora. Mas, por um singular retorno a si mesmo, Milès agora parecia interessado na pantomima e já não desviava mais os olhos do outro.

Briséis, que, apesar da multidão turbada e embaralhada, conseguira achar Milès, agora o observava, linda, zombeteira e desejável, com seu dançarino em seus braços. Era o desafio que luzia em sua boca? Era lembrança, desejo, paixão, loucura? Devagar, Milès se levantou de sua estela de mármore e, sem que ninguém ousasse detê-lo, de tão esplêndido que era, desceu os degraus que conduziam às arenas. Quando passava, vozes fundiam ao redor dele, gritando:

— Eis Milès, o pequeno deus de prata!

No entanto, o Apoxiomeno, desesperado, era obrigado a se sentar novamente e o povo todo, vibrante, aguardou... Como no dia do julgamento de Friné.

Com um gesto breve e mais nervoso do que se poderia imaginar, Milès separou a mulher do efebo. Briséis, exasperada, gritou com ele, tomada pela ira:

— Veja: ele é mais belo do que você, e me ama!

Ao que Milès respondeu, com sua voz melodiosa:

— Que os deuses me ouçam... Ele não irá atrás de você!

Viu-se, então, algo extraordinário. A cortesã, de súbito inspirada, rasgou suas túnicas e se despiu, ficando completamente nua aos olhos da multidão alucinada. Riram, urraram, caçoaram...

— Ó meu Irmão, ó minha Imagem, rejeite-a de seus lábios, expulse-a de seu pensamento, pois ela bem como todos aqueles que nos falam de amor carregam consigo o mal do mundo! — Milès soluçou... — Venha, fuja comigo, fuja para as terras longínquas de onde viemos como vítimas e como escravos... Mais vale morrer do que se sujeitar a eles. Ela e todos aqueles que falam de amor carregam consigo o mal do mundo!...

Mas o Outro hesitava. Com o pescoço rijo, olhava alternadamente para Briséis e para Milès. Em seguida, como parecia que ele ia se dirigir à dançarina a passos incertos, Milès arrancou bruscamente os véus que os escondiam. Por sua vez, na luz palpitante — e pela primeira vez —, ele se ofereceu; seu lábio sorria, transfigurado, apesar das lágrimas em seus olhos. Então um grito respondeu ao beijo de Narciso, ao beijo dos dois adolescentes, atraídos um pelo outro como a imagem no espelho. Um grito breve, estridente, terrível, tal qual aquelas vozes nos naufrágios. Em meio aos rumores, ao vaivém, às altercações, às pilhérias ou ao empurra--empurra, Scopas, sem o menor desejo de sobreviver a tanta vergonha, havia acabado de se matar. Rouquejava agonizando, cercado por uma multidão impotente, com o coração esburacado por um estilete de ouro.

Quando o primeiro espanto fora acalmado, procuraram por Milès e por aquele que parecia ser seu reflexo. Em vão. Sozinha, de joelhos na areia e com a garganta seca e espuma nos lábios, imunda, bravia e ultrajada, Briséis ficou ali, urrando palavras sem nexo...

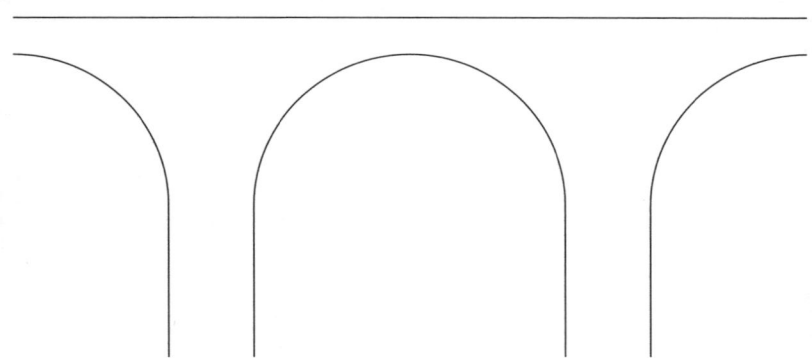

CAPÍTULO XVI

O BOSQUE REPOUSAVA, MISTERIOSO E TRANQUILO, POIS O DIA AINDA NÃO TINHA CHEGADO. DE VEZ EM QUANDO, SOPROS DE VENTO PASSAVAM COM UM BARULHO SEDOSO ATRAVÉS DAS CIMAS DOS PINHEIROS, TRAZENDO, mesclado a seu hálito, o murmúrio das ondas próximas. E o oriente empalidecia.

Encobertos por uma pele rústica emprestada por um pastor de cabras, Milès e o desconhecido dormiam. Seus pés sujos, com arranhões e poeira, denunciavam a corrida penosa que sucedera à fuga deles do anfiteatro. Caminhando pelo campo rochoso, colhendo mirtilos e bagas marrons dos mirtos, escondendo-se ao mínimo chamado, chegaram, sob a luz das estrelas, de frente para o mar. Por algum tempo, ficaram na praia deserta, onde vinha morrer a vazante com um acalanto sonoro. Esperaram uma trirreme ou algum barco de pesca passar. Chamaram à fala, suplicaram. Alguém viria até os dois, pressupondo um naufrágio, seriam acolhidos a bordo do navio. E Milès, em cujo coração as lendas troianas cantavam, sabia que aquele navio partiria para as bandas onde o sol se levanta, rumo à sua pátria, rumo às cidades róseas dos terraços dourados...

Ai! Os últimos avermelhares do crepúsculo se extinguiam: a lua, como um seixo branco, respingava estrelas na noite. Por fim, vencidos pelo cansaço e pelos sofrimentos mútuos, os dois adolescentes ali se deitaram.

O oriente empalidecia... Suavemente, como se alguma mão clara tivesse puxado véus, uma baía rosa apareceu, profunda e distante. Depois, as nuvens se penujaram de prata, a baía cresceu, semelhante ao arco de um aviário luminoso. E súbito, da gaiola aberta escapou a aurora, tal qual mil pássaros de asas lantejouladas, roçando nas escamas das ondas e nas fendas do céu. Do bosque completamente frágil de orvalho, onde agora os melros assobiavam suas notas agudas, viam-se surgir, uma a uma, em seus porta-joias de nácar movediço, as ilhas do mar Egeu, as Cíclades escarlates. E quando, brusco, o sol se dilatou entre os vapores da manhã, tal qual uma medalha nas tramas da seda, elas, as ilhas gloriosas, pareceram sangrar contra os pilares violetas dos troncos de árvores.

Ao longe, na direção das cidades e dos templos, notas estridentes estouraram, saudação dos sacerdotes de Mitra rumo à eterna claridade. Em seguida, tudo cantou! Os pipilos alegres se aproximaram. Ouviram-se asas tremelicarem. Os mosquitos começaram seus zigue-zagues barulhentos nos raios fluidos do sol, do sol que lançava sobre as duas crianças adormecidas seu bom calor generoso...

Então Milès abriu os olhos primeiro. Espantado, observou a princípio o bosque, em seguida seu companheiro, pois acordar sem lembranças é privilégio dos anos jovens. Depois, a evocação inteira da véspera lhe voltou à memória e o adolescente sentiu um calafrio. Perdido, sem recursos, ele não podia ter esperanças senão que a fortuna ou que os deuses o salvassem. Compreendeu seu destino: se voltasse a Atenas, a escravidão estaria esperando por ele, similar àquela na qual seu amigo vegetava; pois as leis de Alcibíades punem a fuga dos libertos. Com um beijo, então, ele relou na testa de seu companheiro de beleza e de exílio. Arrastou-o até a praia. O mar, absolutamente inerte, reluzia como um espelho de estanho. A partir de agora, não passaria brisa ou vela alguma. Suspiraram. Depois, se sentaram debaixo de um tamarindeiro cujos galhos caíam, pesados, até a terra. E, em silêncio, cada um dos dois pensou. Entretanto, Milès ainda tinha esperanças. As horas passaram...

O desânimo, a fome, a sede, o medo engendraram, por volta da noite, uma revolta amarga. O desconhecido olhou para Milès:

— O que faremos?

— E eu lá sei?... Esperar...

— Esperar o quê? Não quero mais esperar!...

— E a sua terra... Não vale a pena sofrer por ela?

— Minha terra? Acreditei em você, eu estava enganado.

— Você amava aquela mulher? — sussurrou Milès, pensando em Briséis.

— Não. Você! Eu podia te amar! Muitas vezes te vi em Atenas, passando na liteira, maquiado, carregado de pérolas como uma cortesã... Agora te odeio. Você me enganou. Estou arrependido de minha loucura.

— Então você se esqueceu da cidade de cem portas, onde íamos com a cabeça cingida de flores, e a soleira onde sua mãe sorria? Você se lembra dos pássaros que passavam, dos íbis cor-de-rosa cujos ninhos se escondem no seio da vegetação, e das estradas empoeiradas que levam ao deserto? As estátuas de Ísis e de Baal não foram capazes de proteger essas coisas. Os ímpios gregos quebraram os mármores e saquearam nossos ídolos. Como você poderia levar uma vida de escravo no meio deles? Lembre-se de Biblos!

O outro não respondeu. Mas virou a cabeça, olhando em direção a Atenas.

Enfim, como a noite se aproximava, ele se afastou; queria colher frutos selvagens e não voltou mais...

Por muito tempo, Milès chamou por ele na sombra até que sua voz se extinguisse sob o véu salgado de lágrimas. Novamente os chamados das trompas retas em lamentos ressoaram, saudando a morte do sol. E o silêncio, ainda mais pesado com a solidão, envolveu a terra, o céu e o mar.

Então, como o adolescente ouvira nas histórias antigas muitas evocações às Sirenas que povoam as águas e os gênios que vivem nos ares, Milès, atordoado como em uma vertigem, aproximou-se o máximo que pôde das ondas e estendeu seu corpo delicado na praia. Febe, vagando em seu passeio errante, cortava à beira das marés seu sorriso desencantado. Mais uma vez, Milès invocou as Sirenas para o socorrer; em seus lábios, tremiam preces tumultuosas.

E eis que, quando se inclinou para chamá-las melhor, debruçando-se por cima da água profunda onde as estrelas se refletiam, o efebo viu desenhar-se uma imagem que nenhuma ruga alteraria mais, como outrora à beira de uma fonte. Essa imagem sorria para atraí-lo em sua direção. Ele se debruçou de novo; de repente, sentiu o contato úmido e suave dos lábios, ainda mais morno que um beijo.

Não estava ali a imagem do salvador que o levaria à sua saudosa pátria por caminhos que ninguém conhecia, agora que os humanos, todos, mentiram para ele? Por isso, com os olhos a roçar as ondas, Milès sentiu um prazer peculiar ao escutar as vozes que finalmente falavam com ele. Pois essas vozes lhe falavam, exprimiam as terras de êxtase imaginário onde não se sofre mais, onde não se pensa mais, onde não se sonha. O adolescente ainda estava de bruços... Seus dedos agarrados aos rochedos escorregaram...

Foi numa noite dessas que morreram os deuses!

4   *Albergo Pagano* [Alojamento Pagão],
fotografia de Wilhelm von Gloeden, Capri, ca.1905.

5

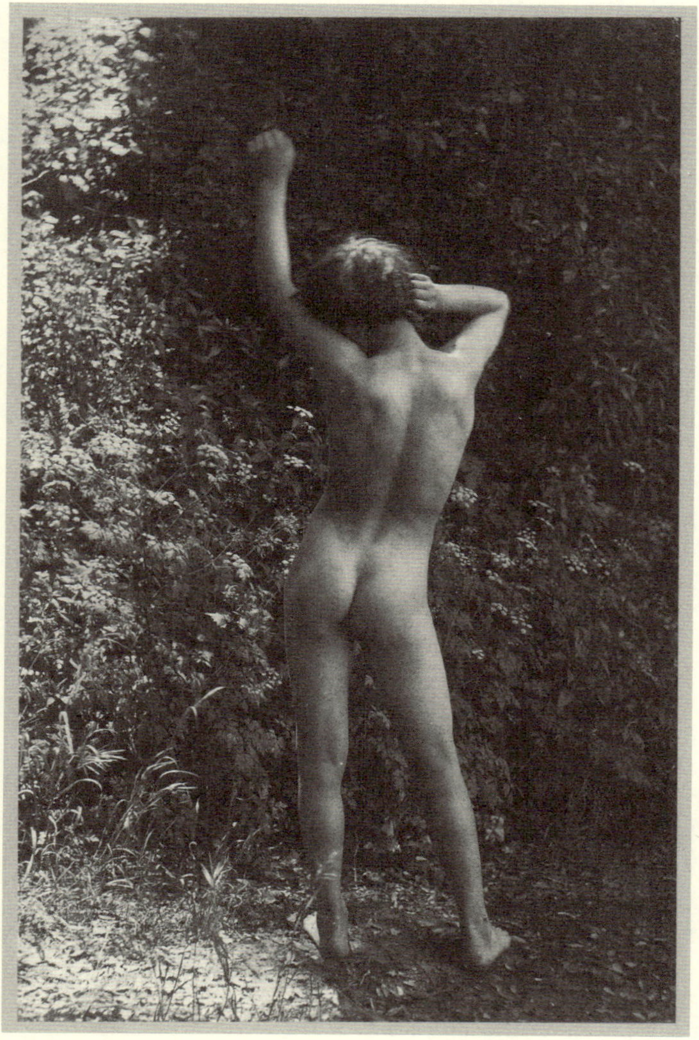

6

7

5   *Nudo* [Nu], fotografia de Wilhelm von Gloeden
6   Perspectiva do pátio da Villa Lysis, Raffaele Mastroianni e Daniele Zullini, Capri, 2016.
7   Escultura *Il pescatorello* [O pescadorzinho], fotografia de Raffaele Mastroianni e Daniele Zullini, Capri, 2016. Esta escultura, realizada por Annibale de Lotto, substituiu a de Nino Cesarini, feita pelo escultor Vincenzo Ierace (vide foto da capa)

8

8   Jacques Fersen na entrada da Villa Lysis, Capri, ca. 1920.
9   O Tempietto [Pequeno Templo] da Villa Lysis, Capri, ca. 1905.

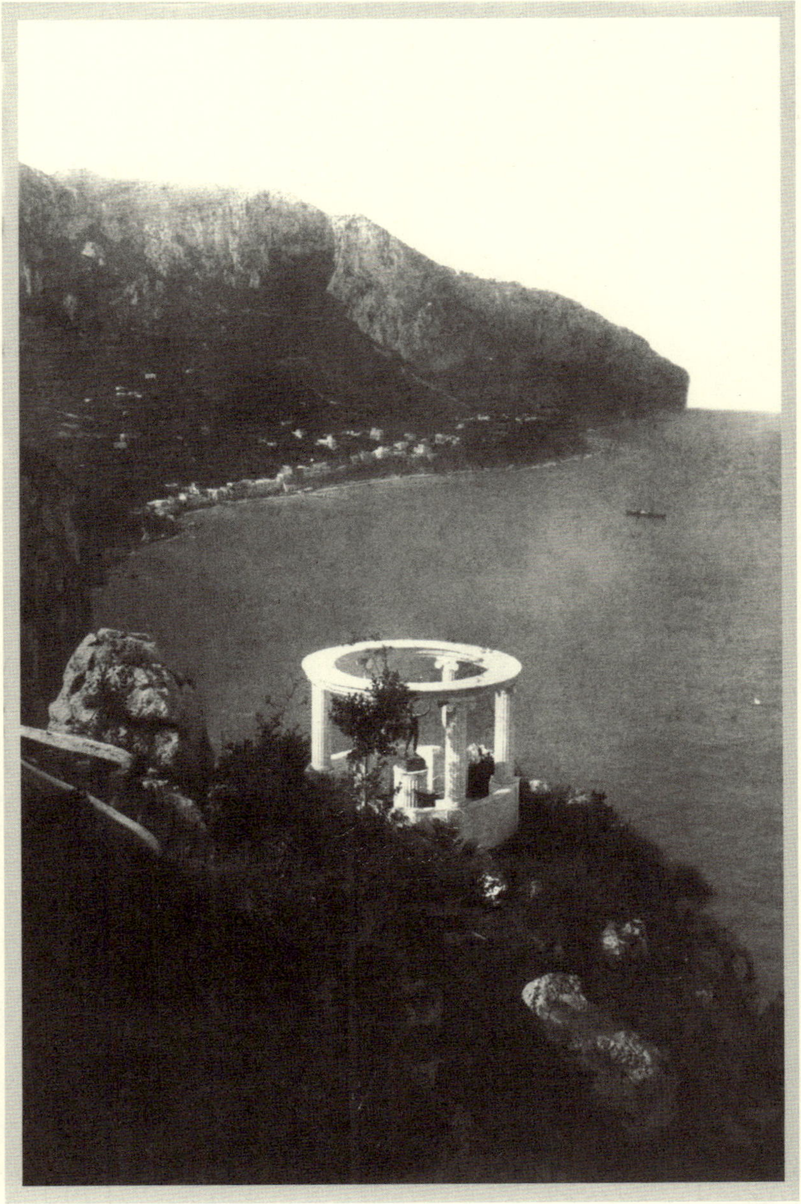

9

Dados Internacionais de Catalogação na Publicação (CIP)
(Câmara Brasileira do Livro, SP, Brasil)

---

d'Adelswärd-Fersen, Jacques, 1880-1923
    O beijo de Narciso / Jacques d'Adelswärd-Fersen ;
tradução Régis Mikail ; prefácio Rodrigo Lopez. --
1. ed. -- São Paulo : Ercolano, 2023.

    Título original: Le baiser de Narcisse
    ISBN 978-65-999725-2-2

    1. Ficção francesa I. Lopez, Rodrigo. II. Título.

23-173281   CDD-843

Índices para catálogo sistemático:
1. Ficção : Literatura francesa 843
Aline Graziele Benitez - Bibliotecária - CRB-1/3129

ERCOLANO

Editora Ercolano Ltda.
www.ercolano.com.br
Instagram: @ercolanoeditora
Facebook: @Ercolanoeditora

Este livro foi editado em 2023
na cidade de São Paulo pela
Editora Ercolano, com as
famílias tipográficas Bradford
LL e Wremena, em papel Pólen
Bold 90g/m² na Geográfica.

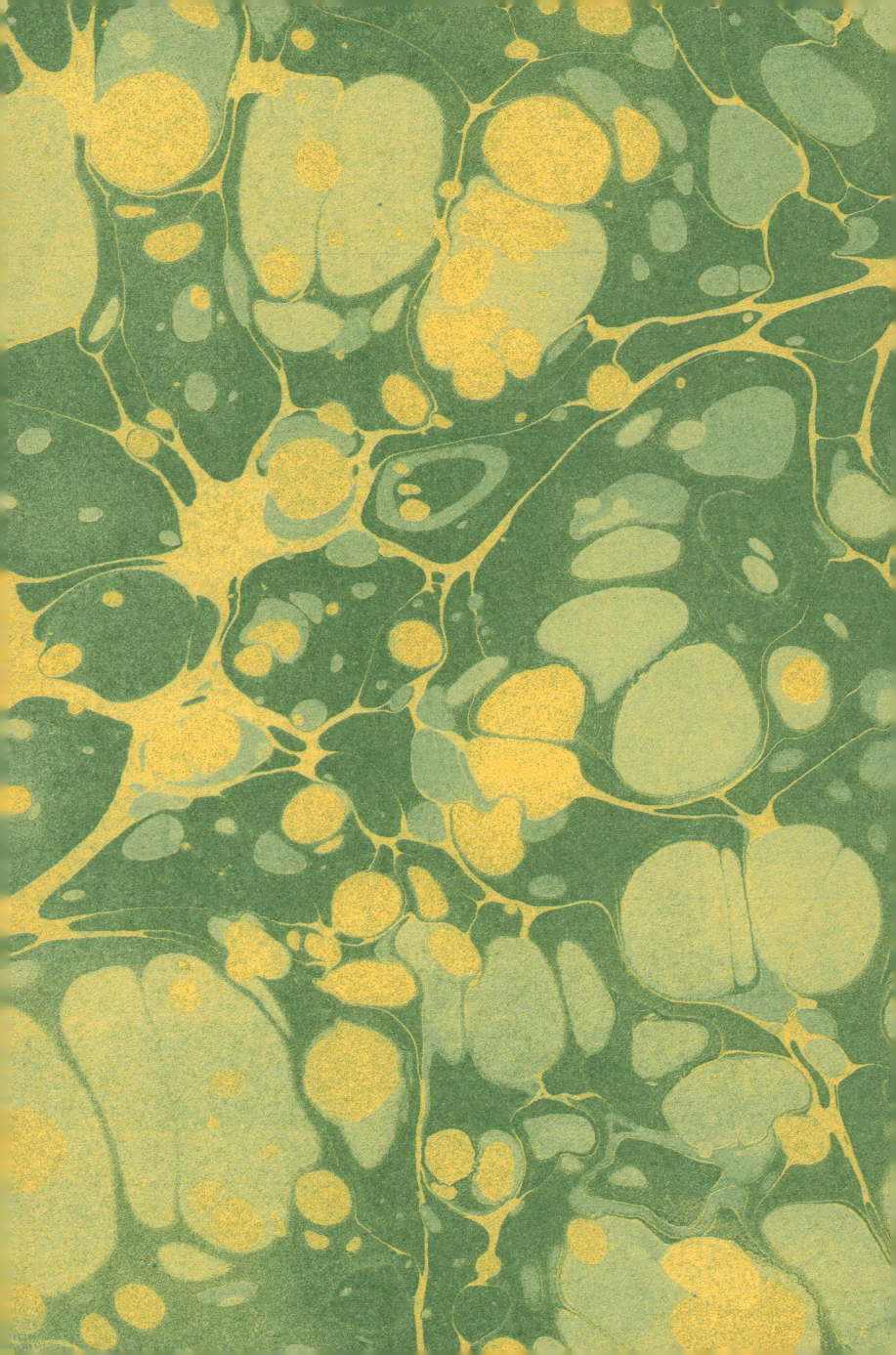

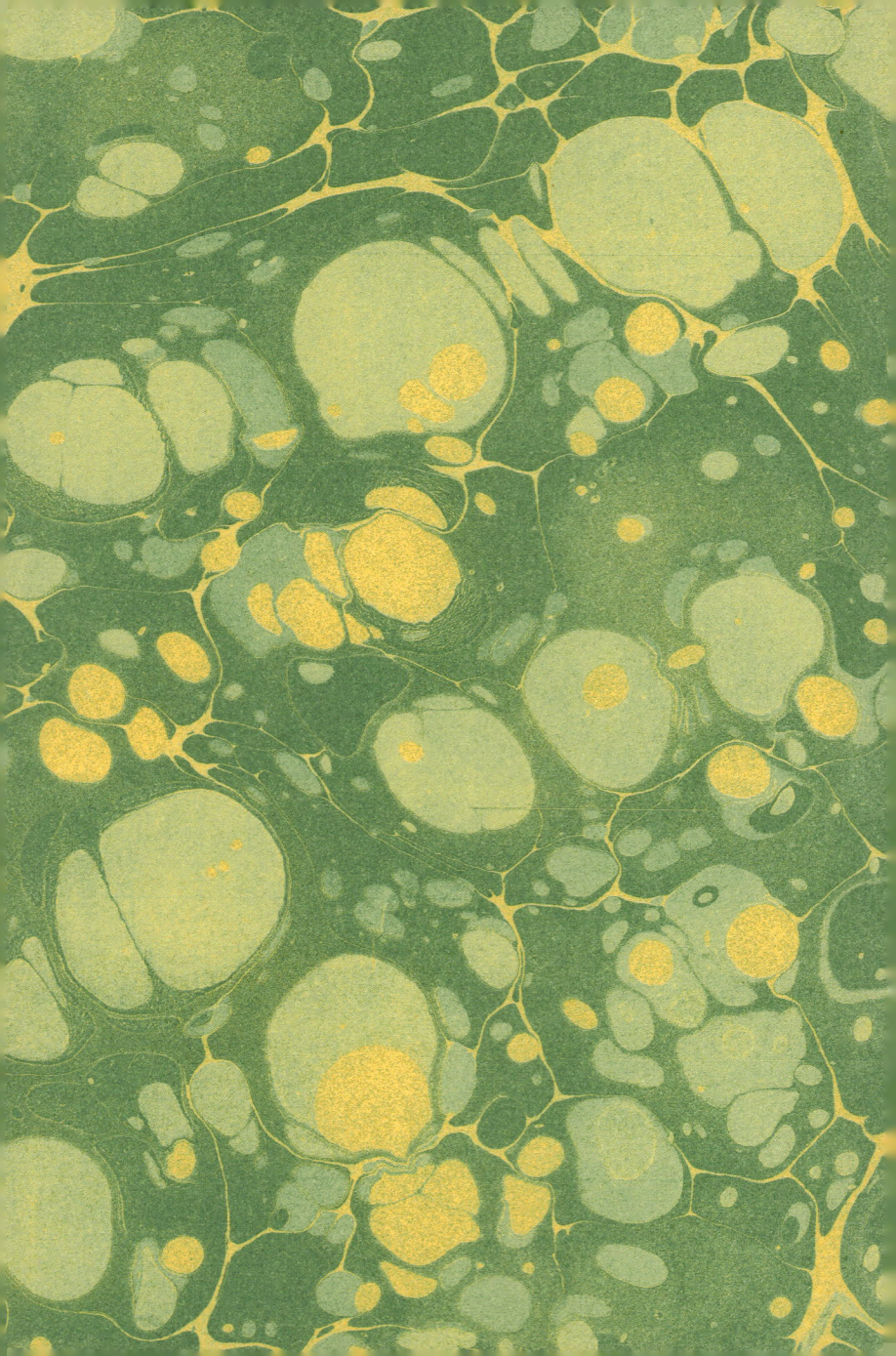